Marta erzählt

Erinnerungen an die schweren Jahre

Das Furchtbare begann am 20. Januar 1945

Aus dem Inhalt:

An einem sonnigen Nachmittag im Spätherbst 2004 saß Marta schweigend auf ihrer Terrasse in Bremen. Nachdenklich wirkte sie die ganze Zeit. Sie sah aus als grübele sie und mache sich viele Gedanken. Ihren Kaffee in der Tasse vor ihr hatte sie offensichtlich schon vergessen, nun ist er kalt geworden.

Ihr gegenüber hatte es sich ihr Sohn Wolfgang bequem gemacht. Immer wieder schaute er abwechselnd auf die teilweise schon vergilbten Fotoalben die wie zufällig vor ihm auf dem braunen Eichentisch lagen und auf seine Mutter. Vielleicht hat sie die Alben ganz bewusst dorthin gelegt, dachte er sich im Stillen. Vielleicht möchte sie, dass ich darin blättere. Bestimmt ist es ihr Wunsch. Anfangs allerdings etwas oberflächlich, doch schon nach kurzer Zeit entwickelte er ein durchaus großes Interesse. Interessant und hübsch anzusehen waren sie wirklich die alten Bilder aber leider, wie er schnell feststellte, ohne einen wirklichen Erkennungswert für ihn. Ich werde Mutter einfach fragen, um Erklärung bitten.

Marta freute sich sehr als sie bemerkte, dass ihr Sohn Interesse zeigt. Sogleich begann die 83 jährige über die alten Fotos aus Lengefeld zu reden, das Abgebildete zu erklären und so ganz langsam von der Flucht aus Schlesien zu erzählen. Es war der Beginn einer langen, für den Sohn aufregenden Erzählung.

Wolfgang erinnerte sich in diesem Moment oberflächlich, dass sie vor Jahrzehnten oft von ihrer alten Heimat in Schlesien gesprochen hat. Inzwischen aber, seit langer Zeit eigentlich nicht mehr.
„Weißt du, begann sie sehr zögerlich und ein wenig stockend, ich war doch damals, an

diesem furchtbaren Tag der Vertreibung, erst 23 Jahre alt. Zu dieser Zeit war ich aber schon verwitwet und seit sechs Monaten zum zweiten mal verheiratet.

Trotzdem war ich mit dir schon eine ganze Weile allein, denn Eberhard, mein zweiter Mann, war noch vor unser Hochzeit zur Wehrmacht eingezogen worden".

„Du kannst mir glauben, dass das Leben damals wirklich nicht leicht für mich war. Ich war doch ganz allein, meine Eltern waren schon verstorben und so hatte ich doch nur dich. Es war manchmal recht einsam hier im Dorf, dass ich bisher kaum verlassen hatte".

Marta und Eberhard 1944

Gerade begann ich mir in Lengefeld wieder ein kleines Familienleben aufzubauen als die Zeit in Schlesien am 20. Januar 1945 ganz plötzlich zu Ende war. Diese Tragödie kam für mich ohne Vorwarnung und verlief unheimlich schnell, sie kam total überraschend. Ich konnte die Situation in diesem Moment gar nicht so schnell begreifen und wusste überhaupt nicht wie ich mich verhalten sollte. Ich zweifelte, nein das kann es doch nicht geben, dachte ich. Lengefeld, mein Heimatdorf, auf der Stelle für immer verlassen, unfassbar, ich konnte es einfach nicht begreifen. Diese furchtbaren Gedanken und die immer stärker aufkommende unheimliche Angst verunsicherten mich. Diese Unruhe konnte ich nicht mehr verdrängen".

„Ich weiß aber gar nicht ob ich dir diese lange Geschichte erzählen soll, fragend schaut sie ihren Sohn an. Vielleicht interessiert dich das was ich von damals erzählen möchte überhaupt nicht. Es sind ja Dinge und Gegebenheiten die so viele Jahrzehnte, die so weit zurück liegen. Aber, ich werde sie dir trotzdem erzählen. Es tut mir nämlich gut nochmal darüber zu sprechen und wenn es dich langweilt musst du mir einfach ein Zeichen geben, dann höre ich sofort auf".

Schnell fügt sie noch hinzu: „Mir fällt gerade ein, dass du doch so gut schreiben kannst, ich würde mich sehr freuen wenn du alles auf Papier festhalten könntest, das was ich dir jetzt erzähle und es dadurch für die Nachkommen verewigst".

Wolfgang bemerkte natürlich gleich, als er seine Mutter ansah, dass es ihr wohl ein großes Anliegen ist von dem furchtbaren Ereignis, der langen Flucht aus der Heimat, aus Schlesien und den schwierigen Nachkriegsjahren zu erzählen.

„Doch, doch erzähle nur, ich höre dir gern zu", zustimmend nickte Wolfgang ihr zu.

Ein wenig stockend und immer nur satzweise begann sie, langsam und leise von der furchtbaren Katastrophe zu erzählen, ihren Sohn immer wieder dabei ein wenig ängstlich und fragend ansehend.

1. Die furchtbare Meldung kam für mich völlig überraschend

„Weißt du, der 20. Januar 1945 war ein Sonnabend und er war für mich ein Tag wie jeder andere. Von der furchtbaren Meldung an diesem Mittag, die wohl schon seit Stunden im 10 Minuten Takt, wie ich später erfuhr, als Warnung aus den Volksempfängern erscholl hatte ich ja überhaupt noch nichts mitbekommen. So ein Radio besaß ich doch nicht. Ich konnte es mir nicht erlauben, es war einfach zu teuer für mich. Ich musste doch allein schon 9,-- Reichsmark monatlich für Wohnungsmiete kalt bezahlen. Es blieb kaum Geld übrig, so dass ich an so ein modernes Gerät überhaupt nicht gedacht habe".

„Später hat man mir mal erzählt, dass der Reichssender Breslau bereits seit Stunden über Mittelwelle pausenlos diese Schreckensnachricht gesendet hat: „Achtung, die östlich der Oder lebende Landbevölkerung, und das gilt auch für die Breslauer Stadtteile, Karlowitz, Rosenthal und Hundsfeld, müssen wegen der anrückenden russischen Front bis 14.oo Uhr ihre Dörfer und Häuser in Richtung Westen verlassen haben".

Die Besitzer eines Volksempfängers erfuhren so frühzeitig diese furchtbare Nachricht und konnten sich rechtzeitig auf das kommende Ereignis, die Flucht aus der Heimat vorbereiten, ein wenig planen. Doch Ruhe hatten sie bestimmt nun auch keine mehr.
Sicherlich haben sie in fieberhafter Hast sofort das Nötigste, das Liebste, ihre Habseligkeiten

zusammen gesucht. Wahrscheinlich nur die wichtigsten, persönlichen Dinge natürlich, nur Kleinigkeiten. Es verblieb ja kaum Zeit zum überlegen und sortieren. Viel konnte sowieso niemand mitnehmen.

Die Schlesier die einen Volksempfänger besaßen hatten diese Meldung immer wieder über den Rundfunk gehört aber recht glauben konnten sie es nicht. Es war doch alles ruhig, man bemerkte nichts. Und viele vertrauten wohl auch der Versicherung der Reichsführung die pausenlos die Rundfunkmeldung herausgab dass es bald gelingen werde den russischen Vormarsch aufzuhalten. Sie machten sich bestimmt keine Gedanken und hatten deshalb nichts für eine Flucht vorbereitet.
„Auch ich wusste zu diesem Zeitpunkt nichts von der sich anbahnenden Katastrophe, wusste zum Beispiel auch nicht, dass fast nur noch Frauen mit ihren Kindern und alte Menschen im Dorf waren die sich nun auf die Flucht vorbereiten mussten. Denn die jungen Männer waren doch alle im Krieg". Und viele von den älteren Männern, auch die die kurz vor der Rente standen, sind auf behördlichen Befehl hin ohne Vorwarnung einfach aus dem Dorf abgeholt worden, der Volkssturm wartete auf sie.
Viele Frauen waren deshalb auf sich allein gestellt und mussten ihre Flucht in Richtung Westen ohne Hilfe organisieren. „Du kannst dir sicherlich vorstellen was das für eine unfassbar schwere Aufgabe für sie war. Sie standen doch allein hilflos vor diesem schweren Problem".
„Aber Sorge und Angst verleiht ja gewaltige Kräfte, das habe ich selbst erlebt".
Viel Zeit zum Grübeln, oder zum planen, blieb aber nicht. Es hieß für alle auf der Stelle Abschied zu nehmen von der Heimat, von zu

Hause, auch von den Gräbern der Eltern. Panisch mussten alle ihre Dörfer verlassen und in Richtung Westen flüchten. Nur wenige hatten wohl die Möglichkeit ein Auto zu benutzen. Glücklich waren sicherlich auch die, die eigene Pferde vor einen Ackerwagen spannen konnten oder auch die die einen Bahnhof im Ort hatten, wie in Tschirne. Sie hatten dadurch wohl die Möglichkeit mit dem Zug zu flüchten.

„Die rote Armee marschierte ja bereits quer durch Polen und Schlesien und wer das wusste brach sicherlich in Hektik aus. Nur ich bekam zu diesem Zeitpunkt von der großen fieberhaften Unruhe, die überall im Dorf bereits herrschte, gar nichts mit. Ich hatte doch noch nichts vom Kriegsgeschehen gehört, es war für mich völlig neu. Auch von Eberhard hatte ich lange nichts mehr erfahren, wusste nicht mal wie es ihm geht. Und die Schreckensrufe die nun überall erschollen: „Wir müssen weg, die Russen kommen", waren mir zu diesem Zeitpunkt deshalb völlig unbekannt, ich hatte sie noch nicht gehört".

„Ja, ich war in diesem Moment total ahnungslos und stand gerade in meiner kleinen Küche am Herd und bereitete für uns beide etwas zu Mittag vor, als mich die Schreckensmeldung völlig unvorbereitet an meiner Wohnungstür erreichte. Erschreckt hörte ich es stürmisch und laut an ihr klopfen. Als ich vorsichtig öffnete stand dort zu meiner Überraschung, total außer Atem und aufgeregt, meine Tante Agnes, die Schwester meiner verstorbenen Mutter, die nur 100 m entfernt von mir wohnte. Sie bekam vor lauter Aufregung und wohl auch vom Rennen kaum noch Luft. Das Reden fiel ihr aus diesem Grund sicherlich unheimlich schwer. Sie grüßte mich nicht mal und ihre Stimmte schnappte regelrecht über als sie nur die wenigen Worte rief: „Martel, packe schnell einige Sachen für dich und für den Jungen zusammen, nimm den Wolfgang und suche dir ein Transportmittel. Wir müssen alle bis 14 Uhr Lengefeld verlassen haben, die Russen kommen". Dann war sie schon wieder verschwunden.

„Du kannst dir sicherlich vorstellen, dass ich total durcheinander war und diese Meldung überhaupt nicht einordnen konnte, ich begriff sie nicht so schnell. Ich hatte doch bisher noch nichts von den Ausmaßen des Krieges gehört. Diese Schreckensnachricht die mich gerade an meiner Wohnungstür überraschte konnte ich wirklich nicht richtig begreifen. Ich stand minutenlang, wie gelähmt, ganz still und versuchte zu überlegen. Eine unheimliche Verwirrung hatte mich inzwischen ergriffen. Ich konnte keinen klaren Gedanken fassen.

„Du musst sofort Lengefeld verlassen", ganz bestimmend klang ihre Stimme als sie schon auf dem Rückweg war und sie sich nochmals kurz umdrehte. Nur wie soll ich denn mit dir von Lengefeld wegkommen, das hatte sie nicht gesagt. Ich hatte doch kein Fahrzeug mit dem wir beide flüchten konnten. Und wohin sollen wir flüchten. Schwere Gedanken arbeiteten in diesem Moment in meinem Kopf.

„Natürlich war es mir sofort klar, dass ich eine Mitfahrgelegenheit suchen muss. Nur wie, und bei wem konnten wir beide mitfahren, wer hatte noch einen Platz frei und was muss und kann ich alles mitnehmen. Unbedingt natürlich warme Kleidung für uns zwei, es war doch mitten im Winter und bitterkalt. Minus 20° zeigte das Thermometer an diesem Tag an meinem Fenster.

Marta und Wolfgang 1944

Und ganz wichtig war etwas zu essen und zu
trinken einzupacken.
Man weiß doch nicht wie lange so eine Flucht
dauert und wo sie endet. Ganz allein stand ich
hilflos vor diesem großen Problem. Niemand
war doch da den ich um Rat fragen konnte.
Immer wieder überlegte ich, aber mir fiel nichts
ein. Vielleicht sollte ich auch die alten Fotoalben als Erinnerung an Zuhause mitnehmen,
spontan kam mir der Gedanke. Doch lange
überlegen konnte ich nicht, Zeit blieb doch
keine mehr".

Ein Griff genügte und ich hatte sofort meine
beiden alten Koffer vom Schrank geholt.
Hektisch und in Windeseile packte ich ein
wenig unterschiedliche Kleidung für uns beide

und einiges aus dem Sanitärbereich schnell hinein.

Dabei vergaß ich aber in der Aufregung die wirklich wichtigen Dinge, nämlich unsere Geburtsurkunden und meinen Ausweis mitzunehmen. Aber ich konnte wirklich keinen klaren Gedanken fassen, ich war so furchtbar durcheinander. Aber an den schönen Kinderwagen, er sah doch noch wie neu aus, dachte ich sofort, den musste ich auf jeden Fall mitnehmen. Und natürlich das große Federbett für dich, es war doch so wichtig, du warst doch erst 3 Jahre alt und es war so bitter kalt, an jenem Januartag".

„Total kopflos bin ich schließlich mit dir, den beiden Koffern und dem Federbett auf dem Kinderwagen aus dem Haus gelaufen. Hilflos und unruhig stand ich am Rand der Dorfstraße die nach Breslau führt. Verwirrt sah ich den vollgepackten Ackerwagen die in einer langen Schlange das Dorf verließen und pausenlos an mir vorbeifuhren hinterher. Zu jedem winkte ich hinauf, gab ein Handzeichen und rief dem Kutscher zu: „Hast du noch Platz für uns zwei". Aber meine Frage mitfahren zu können blieb jedes mal erfolglos. Keiner reagierte, keiner antwortete, keiner hielt an".
Ich war inzwischen total verzweifelt, große

Angst und Panik überwältigten mich. Ich war doch ganz allein und konnte mit niemanden reden, meine Sorgen teilen, Rat holen. Wenn doch nur mein Bruder Paul bei mir wäre, dachte ich immer wieder, es würde alles bestimmt erleichtern. Aber Paul war ja nicht mehr in Lengefeld, auch er war bei den Soldaten. Bei der Marine war er und irgendwo auf dem Meer unterwegs.

Manchmal sprach ich auch leise mit Muddel, meiner Mutter. Ich sah sie immer wieder vor mir obwohl sie bereits vor 20 Jahre gestorben ist. Ich wusste mir keinen Rat mehr, ich konnte doch nichts weiter machen, nur warten. „Was soll ich nur tun. Meine letzte Hoffnung war mein Nachbar, der Bauer Nagel". „Aber vielleicht ist er gar nicht mehr hier und hat das Dorf auch schon lange verlassen". „Diese schlimmen Gedanken nagten pausenlos".

„Ich musste immer wieder in Richtung Breslau sehen. Sah ganz deutlich in der Ferne die unendlich lange Schlange der Wagenkolonne die Richtung Hauptstadt strebte. Immer westwärts, der erste Wagen gab wohl die Richtung an, alle anderen folgten offensichtlich voller Zuversicht".

„Immer wieder schaute ich auf die noch vereinzelt vorbei kommenden Wagen hinauf und versuchte zu erkennen ob es Bekannte aus dem Dorf waren, ich hoffte innigst einen zu erkennen. Aber die Wagen waren alle voll beladen, nein das sah ich sofort, sie hatten keinen zusätzlichen Platz mehr. Rufen und fragen ob noch Platz für uns da wäre war sinnlos. Die Bauern mussten doch auch an Futter und Wasser für ihre Pferde denken und konnten deshalb aus Platzgründen nur ihre eigenen Familienangehörigen mitnehmen. Du kannst mir glauben, dass ich langsam mutlos wurde.

Es kam mir vor als säßen die Menschen jetzt schon wie betäubt auf ihren Wagen, eingehüllt in warme Decken. Oft habe ich mich in späteren Jahren gefragt ob sie wohl ahnten, dass es für sie eine Fahrt ohne Wiederkehr werden wird, und dass sie in diesem Moment nicht nur ihren Hof, auch ihr Hab und Gut verloren haben. Ob sie wohl daran dachten dass sie ihre restlichen Tiere unversorgt zurück gelassen haben.
Aber sie waren schon zu weit vom Dorf entfernt um wohl das Brüllen ihrer Kühe noch zu hören. Niemand war doch da der sich um sie kümmern, der sie melken konnte. Sie waren ihrem furchtbaren Schicksal überlassen, verhungerten und verdursteten in ihren Stallungen oder starben am Milchbrand.

„Weißt du, in den inzwischen vergangenen Jahrzehnten habe ich immer wieder einmal über die Flucht nachgedacht. Dabei ging mir die Situation der Lengefelder Dorfbewohner und auch die meiner Flucht durch den Kopf. Man hatte doch wirklich keine Chance vernünftig zu planen. Jedem blieb doch nur ganz wenig Zeit um richtige Vorbereitungen für die Flucht zu treffen. In großer Hektik wurde doch nur ein wenig Hausrat, Bekleidung und Verpflegung auf den Ackerwagen geladen. Schnell war dadurch das nicht so große Platzangebot erreicht. Nur wenige persönliche Dinge konnte jeder mitnehmen".
Aber die Menschen hatten ja die Hoffnung, dass die Flucht sicherlich nur ein kurzes Intermezzo ist und dass das Leben bald wieder normal verläuft. Wir müssen doch nur für eine kurze Zeit von zu Hause weg, trösteten sie sich. Denn

sie glaubten und vertrauten fest an das was ihnen die Propagandamaschinerie der NSDAP pausenlos über den Rundfunk versprach. Es waren immer die gleichen Worte: Die Bevölkerung möge sich nur keine schweren Gedanken über die Flucht machen, sie ist bald vorbei, sie dauere nur ein paar Tage. Dann könnten alle wieder in ihre Häuser zurück. Denn die deutsche Wehrmacht habe doch eine neue Wunderwaffe, die V1 Rakete, und die käme sogleich zum Einsatz und dann ist der Krieg schnell zu Ende und jeder kann dann wieder zurück in die Heimat.

2. Wirklich im letzten Moment

„Furchtbar frierend und total verunsichert stand ich mit dir am Straßenrand. Ich weiß heute gar nicht mehr wie lange. Aber es muss eine unendlich lange Zeit gewesen sein. Dich hatte ich zwischen meine Beinen geklemmt, zum Schutz vor der beißenden Kälte und die Koffer links und rechts daneben, sie sollten ein wenig den kalten Ostwind abhalten".
„Sporadisch, nur vereinzelt fuhren noch einige Wagen vorbei. Verzweifelt winkte ich, und rief immer die selben Worte fragend hinauf: „Hast du noch Platz für uns zwei".
Doch die Reaktion war jedes mal gleich. Sie schüttelten immer nur den Kopf. Nervös und ratlos schaute ich ihnen hinterher. Die Wagen waren wirklich voll bepackt. Ich sah nirgends einen freien Platz für uns.
„Ich wusste mir keinen Rat mehr. Du kannst dir bestimmt vorstellen wie verzweifelt ich war.

Hoffnung kam auf als in diesem Moment mein Nachbarn, der Bauer Walter Nagel mit seinem Gespann langsam heran gefahren kam".

„Was ist mit deinem Jungen, Martel, rief er vom Ackerwagen herunter und blieb stehen. Hast du noch keinen Platz für ihn gefunden, dann gib ihn herauf, für ihn und deine beiden Koffer und das warme Federbett ist noch eine Ecke frei, der Kinderwagen aber muss zurück bleiben. Das tat mir ganz furchtbar leid. Ich hatte doch so lange auf ihn gespart. Trotzdem, ich war erleichtert.

„Dann ging alles ganz schnell. Glücklich, ohne zu überlegen, reichte ich dich auf den Wagen hinauf.

Dann gab Walter die Zügel wieder frei und das Gespann setzte sich langsam in Bewegung. Fürsorglich kümmerte sich die Bäuerin Nagel sofort um dich. Sie nahm dich auf ihren Schoß und unter ihre Jacke. Manchmal deckte sie dich auch mit der guten Federbettdecke fest zu. „Du hattest es auf dem Ackerwagen wirklich gut. Die Nachbarn umsorgten dich und gegen die Eiseskälte schützte dich das dicke Federbett. Absolut sicher lagst du zwischendurch auch auf dem Wagenboden. Liebevoll und fürsorglich schützte dich Oma Nagel".

„Ich hatte es ja ganz deutlich gesehen und brauchte Walter deshalb auch nicht zu fragen, für mich war wirklich kein Platz mehr auf dem Ackerwagen vorhanden. Also, erging es mir wie so vielen die keinen Platz auf einem Ackerwagen gefunden hatten, ich musste also hinter dem Wagen herlaufen".

Stumpfsinnig, ohne zu reden, liefen die Menschen hinter den Wagen her, manchmal drehten sie sich um, und blickten wehmutsvoll zurück. Vielleicht suchten sie ihr zu Hause in Lengefeld.

„Stell dir mal vor, Wolfgang, was ich viele Jahre später, bei einem Schlesiertreffen in Hannover erfuhr. Dort traf ich doch rein zufällig ehemalige Lengefelder und weißt du was sie mir erzählten? Sie erzählten mir, dass zu diesem Zeitpunkt, als wir beide an der Straße standen, alle Bauern, bis auf Walter Nagel, das Dorf bereits verlassen hatten, sie waren schon auf der Flucht. Nur wir standen noch still und hilflos an der Straße. Wir hatten wirklich großes Glück gehabt. Was wäre wohl aus uns geworden, wenn wir Walter verpasst hätten, ob es uns jetzt noch gäbe"?

„Wohin die Flucht geht, und wie weit ich heute laufen muss, war mir zu diesem Zeitpunkt natürlich nicht bekannt. Ich wusste allerdings, dass es ungefähr 18 Kilometer bis Breslau sind und dass das eine furchtbar weite Strecke zu Fuß bei diesem Schnee ist.

„Ich quälte mich und schon nach wenigen Kilometern hatte ich Bedenken dass ich so einen Marsch körperlich nicht durchhalten würde. Denn die eisige Kälte und die immer stärker werdende Angst lähmten mich, nahmen mir den Atem. Sicherlich wird in Breslau die Tagesstrecke noch nicht zu Ende sein. Wir müssen doch bestimmt noch weiter, Breslau durchqueren, aus der Stadt hinaus. Diese ungewissen Gedanken ließen mich nicht mehr los, ich lief wie benommen nur noch im Unterbewusstsein".

„Eine seltsame, unheimliche Stille herrschte. Manchmal schien es mir als schliefe die Natur. Die dicke Schneeauflage auf der Straße dämpfte doch alle Geräusche, nur das Schnaufen der Pferde und das Knirschen des Schnees unter den Wagenrädern und Füssen waren zu hören".

Die Pferde quälten sich durch den tiefen Schnee. Vermummt kauerten die Flüchtenden neben ihrer wenigen Habe auf den hölzernen Wagen. Manchmal warfen sie schon ein wenig Hausrat hinunter, um dadurch die Zugtiere zu entlasten.

Der Schnee lag wohl 20 cm hoch auf der Straße und das Laufen wurde deshalb für mich von Meter zu Meter immer schwerer, ich bemerkte schon bald dass mich meine Kräfte langsam verließen. Hinsetzen um vielleicht kurz nur auszuruhen, durfte ich mich aber nicht. Ich hatte schon von von den Folgen gehört. Wer erst einmal saß kam nicht mehr hoch, hatte man mir erzählt, er erfror ohne es zu bemerken.

Frierend und wortlos saßen die Menschen auf ihren ruckeligen Wagen ganz nah beieinander und versuchten sich so gegenseitig zu wärmen. Ab und zu schaute ich zu dir hinauf um zu sehen wie es dir geht. Manchmal blickte ich auch zurück aber schon nach kürzester Zeit war das Dorf nur noch schemenhaft zu erkennen.

Wohl denen die einen geschlossenen Acker-wagen hatten, dachte ich. Er bot guten Schutz vor dem kalten Ostwind, anders als bei den offenen Heuwagen.

„Ganz besonders schlimm war die Situation sicherlich für die alten Menschen und Klein-kinder, sie hatten bestimmt am meisten unter der Kälte zu leiden.

Viele Jahre später hat man mir mal erzählt, dass meistens Alte aber auch Kinder, die keinen Wagenplatz gefunden hatten und deshalb laufen mussten, unterwegs durch Ent-kräftung, Frost, Hunger oder Krankheit umge-kommen. Sie hatten wohl kaum eine Chance bei dieser extremen Wetterlage. Erschöpft haben sich viele an den Straßenrand gesetzt, nur um ein wenig auszuruhen, schliefen dabei aber ein und wachten nicht mehr auf. Sie haben es nicht bemerkt, sie sind einfach er-froren".

Mitnehmen konnte man die Toten aber nicht, hat man mir später auch erzählt. Sie wurden notgedrungen am Straßenrand liegen gelassen oder wenn sie auf dem Wagen starben sogar einfach herunter geworfen. Es muss furchtbar anzusehen und schmerzhaft gewesen sein.

„Während meines holprigen Laufens, ich quälte mich wirklich sehr, fiel mir plötzlich mein neues Bismarck-Fahrrad ein. Ich hatte es doch erst vor ein paar Wochen gekauft". Obwohl doch recht hoher Schnee auf der Straße lag und das Fahren dadurch vielleicht nicht leicht sein würde, wollte ich es trotzdem holen.

„Walter, rief ich zu dem Bauern hinauf, ich laufe noch mal schnell zurück und hole mir mein Fahrrad, passe bitte gut auf Wolfgang auf".

„Wie weit wir von Lengefeld schon entfernt waren, wusste ich nicht. Ich rannte trotzdem wie besessen zurück, schaute immer nur geradeaus, dachte nur an mein neues Fahrrad. Ich war mir sicher, dass es mir bestimmt noch eine große Hilfe auf dem weiteren Fluchtweg sein wird". Richtige Glücksgefühle empfand ich spontan für einen kurzen Moment als ich mein Haus und das Fahrrad wieder sah.

„Jetzt schnell wieder hinter dem Treck her, dachte ich vor lauter Angst. In der Spur der Ackerwagen war das Fahren mit dem Rad aber problemlos. Ich kam schnell voran. Schon nach kurzer Zeit sah ich den Treck und Walters Wagen wieder vor mir". „Ich war beruhigt und glücklich. Ja, dachte ich, diese Entscheidung, das Rad zu holen, war absolut richtig".

„Wie lange wir an diesem Tag unterwegs waren, habe ich inzwischen vergessen. Ich besaß ja keine Uhr und konnte mich nur am Tageslicht orientieren. Außerdem habe ich sowieso kaum etwas wahrgenommen. Nur an den alten Mann am Straßenrand kann ich mich noch gut erinnern. Ich sah ihn dort ganz still und aufrecht sitzen. Vielleicht fehlt ihm etwas, vielleicht kann ich ihm helfen, dachte ich, und hielt bei ihm an, beugte mich zu ihm herunter und tippte ihm auf die Schulter. Fehlt ihnen etwas, kann ich ihnen eventuell helfen, fragte ich ihn vorsichtig. Er antwortete nicht, gab keine Reaktion. Er fiel einfach um, er war tot, er war erfroren".

Geschockt von diesem Erlebnis fuhr ich an diesem Tag nur noch im Unterbewusstsein hinter dem Bauernwagen her, ich nahm nichts mehr wahr. Erst als wir am Nachmittag die Oder erreichten und durch den südöstlichen Stadtrand von Breslau fuhren, weckte die Stadt meine Lebensgeister wieder. Auf mir allerdings völlig unbekannten Straßen querten wir die Stadt in westliche Richtung. Dieser Stadtteil war mir völlig fremd. Hier war ich noch nie gewesen".

„Breslau, Schlesiens Hauptstadt, empfand ich damals doch als riesig groß. Sie war eine moderne Großstadt mit 629600, meist evangelischen Einwohnern".

Dass die politischen Machthabern nur zwei Tage nach unserer Durchfahrt, also am 22. Januar 1945, die Stadt zur Festung erklärten, wusste ich damals nicht. Bestimmt wären wir dann nicht mehr durch die Stadt gekommen. Wir haben wieder Glück gehabt.

Für mich ganz überraschend endete nach einigen Stunden Fahrzeit, es müssen viele gewesen sein denn es begann bereits schon dunkel zu werden, die erste Tagesetappe nach wohl 30 Kilometern, in dem kleinen Ort Klettendorf. Der gesamte Treck hielt vor einem Kinderheim. Hier fanden alle Schutz vor der beißenden Kälte. Wie angenehm war doch die Wärme in dem großen Raum. Hier erfuhr ich auch wie wunderbar es ist wieder die Toilette besuchen und sich waschen zu können. Schon nach kurzer Zeit fühlte ich mich wieder wie ein Mensch.

Gesprochen wurde aber kaum, alle waren sicherlich zu erschöpft. Die meisten legten sich schon bald dichtgedrängt zum Schlafen nebeneinander auf den Fußboden. Einige saßen auch auf den Kinderstühlen und benutzten diese als Ruhebett. Stille war schnell eingekehrt, alle schliefen. Ungewissheit und angstvolle Gedanken quälten nun für ein paar Stunden nicht mehr. Bestimmt träumten alle.

„Die Gedanken kreisten noch wild in meinem Kopf herum ehe ich zur Ruhe kam. Ich machte mir auch Sorgen um meine Angehörigen, um meine Schwester und die Tante und Onkel Richard, ihren Mann. Im Stillen wünschte ich mir dass sie bei mir wären. Welchen Weg mögen sie geflüchtet sein. Ob sie wohl alle rechtzeitig aus Lengefeld herausgekommen sind? Sie werden sicherlich schon vor uns das Dorf verlassen haben. Aber die zweifelnden Gedanken kamen immer wieder, ohne Ankündigung, sie kreisten im Kopf und ließen mich nicht mehr los. Angst hatte ich auch um mein Fahrrad. Hoffentlich wird man es mir hier nicht stehlen, dachte ich noch vor dem Einschlafen. Es waren große Sorgen um mein bisschen Hab und Gut, ich hatte Angst alles zu verlieren. Auch hatte ich Sorge um dich. Doch meine Erschöpfung beruhigte mich schließlich wieder und meine große Müdigkeit linderte schließlich die schlimmen Gedanken. Der Schlaf brachte mir für einige Stunden Ruhe und ein wenig Erholung".

Der schon früh einsetzende allgemeine Lärm weckte mich. Treiben und große Unruhe herrschte bereits in der Unterkunft. Was für eine kurze Nacht dachte ich, sie ist unheimlich schnell vorüber gegangen. Blinzelnd sah ich mich um, und erkannte dass der Morgen tatsächlich schon da ist. Ich weiß gar nicht wie lange ich geschlafen habe, richtig erfrischt war ich aber nicht.

Hastig, meistens im Laufen, aßen die Flüchtenden ihre kalte Verpflegung die sie vorsorglich von zu Hause mitgebracht haben. Nur bei den Babys und Kleinkindern gab es Probleme, die mitgebrachte Milch war eiskalt, manchmal sogar gefroren.

Du hast doch ein Fahrrad Martel, willst du nicht losfahren um jemanden zu finden der die Babynahrung erwärmt. Ich kämpfte mit mir, wollte dich nicht allein lassen. Schließlich sagte ich doch zu nachdem ich dich bei den Nagels abgegeben hatte. Nun fuhr ich also von Haus zu Haus, klingelte bei fremden Menschen an den Haustüren und bat darum ob sie die Fläschchen in einem Wasserbad erwärmen könnten. Nur war eine undankbare Aufgabe. Die Klettendorfer Bürger waren nicht gerade begeistert von meinem Anliegen, denn auch sie packten gerade, auch sie machten sich für die Flucht fertig. Klettendorf war ja ein kleines Dorf und hatte nur wenige Einwohner, und deshalb war ich auch nicht so lange unterwegs gewesen. Nur die genaue Zeit konnte ich nicht einschätzen, ein Zeitgefühl war bei mir überhaupt nicht mehr vorhanden.

„Du kannst dir sicherlich vorstellen dass ich mir, während ich unterwegs war, auch große Sorgen um dich gemacht habe. Beruhigen konnte ich mich nicht, obwohl ich doch wusste, dass du bei der Familie Nagel in guten Händen warst". Sie werden bestimmt liebevoll auf dich aufpassen, versuchte ich mich zu beruhigen. Zu meiner großen Ängst kamen noch die Sorgen, dass ich nicht rechtzeitig zur allgemeinen Abfahrt zurück zu sein könnte.

„Du kannst mir glauben wie wichtig es in diesen Tagen war, hellwach zu sein, immer die Ohren und Augen geschärft zu haben um ja nicht den Aufbruch und die Abfahrten der Wagen zu verpassen. Man war doch ohne Mitfahrgelegenheit hilflos und verloren. Früh schon hetzten deshalb die meisten Menschen panisch hin und her, ein furchtbares Gedränge und Geschiebe herrschte, es war unerträglich. Jeder hatte natürlich Angst seinen Wagen zu verlieren. Auch ich suchte sofort nach meiner Rückkehr aufgeregt nach Walter Nagel und dich. Manchmal musste ich die Ellbogen einsetzen um mich so durch den Menschenhaufen zu kämpfen. Immer wieder drehte ich mich im Kreis und suchte dich, dann endlich fand ich den Nagel-Wagen, ich war erleichtert und froh".

An die Tante habe ich in diesem Moment überhaupt nicht mehr gedacht, zu sehr war ich mit meinen eigenen Problemen beschäftigt.

Doch manchmal wird man vom Zufall überrascht. Dieser Morgen war so ein Tag. Völlig
unerwartet sah ich sie plötzlich mitten auf dem
Hof in einer Menschentraube stehen. Ich traute
meinen Augen nicht aber sie war es wirklich, es
war meine Tante Agnes. Welch große Fügung.
Ich wunderte mich aber, dass sie allein war. Wo
mag denn nur ihr Mann, Richard, sein, dachte
ich. Ich rannte sofort auf sie zu und versuchte
sie zu rufen. Aber ich brachte vor Aufregung
nur das eine Wort heraus: Tante! Wir waren
beide glücklich als wir uns sahen. „Wie schön
dass wir uns gefunden haben, Martel, ich bin
doch auch allein, denn Richard haben sie
Anfang Januar auch zum Volkssturm eingezogen. Ich habe seit dem nichts mehr von ihm
gehört", sagte sie nur, es klang sehr verunsichert. Sofort beschlossen wir ab sofort die
Flucht gemeinsam fortzusetzen. Wir waren
beide froh, endlich eine Begleitung, eine Stütze
gefunden zu haben".

In einem großen Pulk standen wir auf dem Hof
des Kindergartens mitten der verunsicherten,
unruhigen Menschen. Die Bauern waren noch
nicht so weit und wir schauten ihnen bei der
Versorgung der Pferde mit Futter und Wasser
zu. Alle warten auf die Weiterfahrt.
Dann war es wieder so weit. Wagen für Wagen
fuhr langsam wieder vom Hof. Glücklich und
still, oft nur mit leerem Blick vor sich
hinschauend, saßen die Menschen auf den
Treckwagen. Ungewissheit herrschte bei allen
aber sie wussten dass sie es einfach so
hinnehmen mussten. Sie hatten doch keine
andere Wahl. Auch wir fuhren wieder. Wie die
meisten, kannte auch ich das nächste Tagesziel
nicht. Natürlich suchte ich während der
eintönigen Fahrt nach Anhaltspunkten aber es
waren für mich total fremde Wege und Orte. So

weit war ich ja früher noch nie von zu Hause weg gewesen. Aber ich machte mir keine großen Gedanken. Man konnte es doch nicht ändern. Ich war schon froh, und es beruhigte mich sehr, dass die Tante mit ihrem Bauernwagen hinter mir herfuhr. Ab und zu drehte ich mich um, so hatten wir uns immer im Blick.

Immer wieder konnte man es manchmal hören, dass jemand unterwegs die Nerven verlor und laut zu schreien anfing. Natürlich versuchte jeder dann ein wenig zu helfen, zu beruhigen. Wir waren doch alle auf Gedeih und Verderb aufeinander angewiesen.

Der Weg bis zum nächsten Ort war für mich als Radfahrerin unheimlich lang. Es war wieder ein Tag mit unerträglichen Strapazen. Ich quälte mich sehr.

„Es begann schon dunkel zu werden als die Fahrt schließlich, am späten Nachmittag, bei einem Forsthof endete. Die Pferde benötigten dringend Ruhe, erklärten uns die Bauern. Deshalb werden wir hier zwei Tage und Nächte verbringen. Es war sicherlich eine richtige Entscheidung, denn Mensch und Tier konnten die Ruhetage und besonders die Toiletten wirklich dringend gebrauchen. Jetzt konnte ich mich auch ein wenig erholen denn die Strapazen des Radfahrens haben mich körperlich doch sehr beansprucht.

Allgemeiner Aufbruch am frühen Morgen nach den zwei Tagen. Die Pferde sind ausgeruht und inzwischen angespannt. Die ersten Wagen verlassen bereits das Gelände des Forsthofes. Wie immer herrschte ein furchtbares Durcheinander. Recht gut erholt lief auch ich hin und her, drängte mich an den Menschen vorbei, bahnte mir einen Weg. Ich suchte hektisch nach Walter Nagel. Schließlich fand ich ihn, er stand ganz nah bei seinen Pferden, in der hintersten Ecke des Hofes.

Jetzt wird es wohl gleich auch für ihn weiter gehen, dachte ich und fragte ihn wann es denn los ginge. Traurig blickte er mich an. „Du Martel, wir können mit unserem Wagen nicht weiter fahren, verzweifelt erklärte mir der Bauer, dass er für seine Pferde kein Futter mehr habe und er sie deshalb zurücklassen müsse.
Beinahe alle Gespanne hatten schon die Unterkunft Forsthof verlassen. Nur wir standen noch auf dem Hof. Vor lauter Angst rannte ich zu jedem langsam vorbei fahrenden Wagen. Ganz nah trat ich an ihn heran und fragte immer wieder: "Wo fährst du hin"? Die Antwort klang jedes mal identisch, ich kannte sie schon. „Ich fahre so weit ich komme, aber immer in Richtung Tschechei. Alle hier nehmen doch diesen Weg".
Kurz nur berieten wir uns. Dann stand der Entschluss für uns fest, nein das wollen wir nicht. Was sollen wir in der Tschechei.
Aber wie kommen wir jetzt nur von hier weg. Wir hatten noch keine Mitfahrgelegenheit und

kannten auch kein Ziel. Eines aber wussten wir, wir müssen sofort von hier weg.
Hintereinander, in kurzen Zeitabständen, verließen die Treck-Wagen den Forsthof. Der große Platz hinter dem Haus war schon wie leergefegt. Nur ganz in der hintersten Ecke sah ich noch einen letzten Wagen stehen. Als ich näher heran trat erkannte ich, dass es Gustav war, der Kutscher der Lengefelder Domäne. Ich schöpfte sofort wieder Mut und Hoffnung, denn Gustav kannte ich ja von zu Hause her. Er stand dort ganz allein bei seinen Pferden. „Ich wünschte ihm einen Guten Morgen und fragte: „Gustav, kannst du mir sagen wo du hinfährst und kannst du uns eventuell mitnehmen"?

Ja, antwortete er ruhig, das kann ich dir sagen. Mein nächstes Nahziel ist Hermannsdorf. „Oh, das ist gut, hast du noch Platz auf dem Wagen für uns drei"? „Wir wissen uns nicht zu helfen, wir kommen hier sonst nicht weg".
Sicher, antwortete der Kutscher freundlich, für euch habe ich noch einen Platz auf dem Wagen, natürlich könnt ihr mitfahren.
„Du kannst dir sicher vorstellen wie erleichtert ich war". Schnell waren unsere wenigen Habseligkeiten auf dem Wagen verstaut. Auch für mein Fahrrad war noch ein Platz frei. Ich band es einfach hinten am Wagen mit einem Bindfaden fest. Schon nach kurzer Zeit verließen wir als letztes Gespann den Forsthof. Die Pferde liefen in gleichmäßigen Tempo, immer in Richtung Nord-West.

Wir waren wieder den ganzen Tag unterwegs. Es begann schon dämmrig zu werden als wir schließlich Hermannsdorf im Kreis Jauer erreichten. Vor einem großen imposanten Gebäude hielt Gustav seinen Wagen an. Das hier ist ein leerstehendes Schloss, erklärte er uns

als wir ihn fragend ansahen.
Obwohl ich doch nur gesessen habe, war ich wieder total erschöpft als wir nach so vielen Stunden Fahrt unserer Tagesziel erreicht hatten. Ich war so furchtbar müde. Erst der Anblick dieses imposanten Gebäudes weckte wieder die Lebensgeister ein wenig in mir.
In diesem Schloss, dessen Namen ich aber nicht kenne, haben wir wieder zwei Tage und Nächte verbracht. Fassungslos schaute ich in die Runde als ich in den Schlosssaal eintrat. Richtig edel sah es hier aus, ich war total überwältigt.

Schloss in Hermannsdorf

Dieser großartige Luxus überraschte mich total. Was für ein Glücksfall, dachte ich, denn auch hier bestand doch die Möglichkeit richtige Toiletten zu benutzen und waschen konnten wir uns auch.
Aber ganz besonders toll war für uns dass wir nachts auf Stroh liegen und schlafen konnten. So gut ging es uns ja schon lange nicht mehr.
Zur Ruhe aber kam ich nicht. Pausenlos

grübelte und überlegte ich in diesen zwei Tagen wie es mit uns weitergehen soll. Mir war nämlich urplötzlich eingefallen, dass es hier im Ort einen kleinen Bahnhof geben soll. Aber genau wusste ich es jedoch nicht, ich vermutete es nur. Vielleicht sollten wir lieber die Flucht mit der Bahn fortsetzen, überlegte ich. Aber ich war mir nicht sicher ob es hier überhaupt einen Bahnhof gibt. Ich kämpfte mit dem Zweifel. Oder sollen wir lieber wieder mit Gustav weiter mitfahren. Was für eine schwere Entscheidung. Wir wankten, konnten uns so schnell nicht entscheiden. Was meinst du, fragte ich die Tante, sollen wir es mit der Bahn versuchen? Aber ehe wir uns entscheiden werde ich erst mal Gustav fragen ob er etwas von einem Bahnhof in Hermannsdorf weiß. Wenn ja, könnten wir doch versuchen mit der Reichsbahn die Flucht nach Braunschweig fortzusetzen. Vielleicht finde ich dort Eberhard. Schnell stand unser Entschluss fest als uns Gustav bestätigte das er von einem Bahnhof gehört hätte.
Ich suchte am nächsten Morgen nach Gustav, unseren freundlichen Kutscher.
Es war für mich keine leichte Entscheidung ihm unseren Entschluss zu erklären. Er war doch immer so freundlich zu uns gewesen. Ich lief nun von Wagen zu Wagen und suchte ihn. Schließlich sah ich ihn ganz nah bei seinen Pferden stehen. Ob er wohl auf uns wartete, es sah wirklich so aus, dachte ich spontan. Durch diese Gedanken ist es mir noch schwerer gefallen ihm zu erzählen, dass wir nun nicht mehr mit ihm fahren wollten. „Gustav, wir haben uns heute entschieden einen anderen Fluchtweg zu nehmen. Wir wollen versuchen mit der Bahn nach Westen zu kommen. Vielleicht fährt ja ein Zug nach Braunschweig. Gustav nickte nur verständnisvoll, sagte aber

kein Wort. Nachdem ich mich bei ihm für seine Hilfe bedankt hatte suchte ich schnell unsere paar Sachen zusammen und verstaute sie auf dem Fahrrad. Wir wünschten uns zum Abschied noch gegenseitig viel Glück und für die Zukunft alles Gute. Dann ging jeder seinen eigenen Weg.

Hier in diesem Ort gab es nur eine Straße und die führte direkt auch zum Bahnhof. Wir brauchten nicht sehr weit zu laufen, schon standen wir vor dem kleinen Bahnhofsgebäude. Das ging wirklich ganz problemlos, trotzdem war mir diese Situation nicht ganz geheuer. Unsicherheit erfüllte mein Denken. War die Entscheidung wirklich richtig auf den Domänewagen zu verzichten? Ich zweifelte inzwischen ob es hier und zu dieser Zeit überhaupt noch Zugverkehr gibt. Und wenn ja, fährt überhaupt ein Zug von diesem kleinen Bahnhof in Richtung Westen, nach Braunschweig?

„Du kannst dir bestimmt vorstellen wie mir zu Mute war als ich auch noch, schon aus der Entfernung, die riesige Menschenmenge vor dem kleinen Bahnhof stehen sah. So viele Menschen habe ich noch nie auf einem Haufen gesehen. Vielleicht warten sie alle auf den einen Zug, ging mir spontan durch den Kopf. Oder sollte zur Zeit überhaupt kein Zug von hier mehr fahren, panische Gedanken und Zweifel ergriffen mich. Inzwischen standen wir mitten in der Menschenmenge und die Quälerei mit den Koffern und dem Fahrrad ging jetzt erst richtig los. Es war unglaublich schwer, beinahe unmöglich, sich einen Weg durch zu bahnen.

Endlich, nach langem Geschiebe und Gedränge, hatten wir es geschafft und standen glücklich auf dem einzigen Bahnsteig, der aber durch die vielen Menschen kaum zu erkennen war. Aufgeregt liefen alle hin und her, ratlos, offensichtlich unschlüssig, manche weinten sogar. Ein Zug war allerdings nicht zu sehen. Auch wir schauten uns immer wieder hilflos an, drehten uns im Kreis und wussten nicht wie es weitergehen soll.

Martel, sagte die Tante nach einer gewissen Zeit und unterbrach plötzlich unser unsicheres Schweigen, wir sollten versuchen die Auskunft oder einen Fahrplan zu finden. Hoffentlich gibt es so etwas zu dieser Zeit hier überhaupt. Wir schauten nach allen Seiten, sahen aber nichts. Es schien mir, als wir im Innern des Gebäudes standen, als gäbe es wegen des Krieges hier auch kein Bahnhofspersonal und fahrplanmäßige Züge sowieso nicht. Hilfe bekamen wir also in diesem Moment nicht, das erkannten wir recht schnell. Ein riesiges Durcheinander, Gedränge und Geschiebe herrschte. Ganz in Gedanken schaute ich mich immer wieder um, hoffte etwas Neues zu erkennen. „Weißt du was ich gerade geträumt habe, sagte ich zur Tante, ich habe geträumt dass der nächste Zug gleich von hier nach Braunschweig fährt. Das wäre toll denn Eberhard ist doch dort bei dem FlaRak-Regiment und an FlaK 8.8. Ihn werde ich sobald wir in Braunschweig sind sofort suchen".

„Ich war damals wirklich fest davon überzeugt Eberhard dort gleich zu finden". Dass er inzwischen nicht mehr in Braunschweig, sondern in Leningrad war, wusste ich zu diesem Zeitpunkt natürlich nicht.
Unser Entschluss stand aber fest, wir nehmen den nächsten Zug nach Braunschweig. Wir glaubten doch auch fest daran auf diesem Wege schnell dem Krieg zu entkommen. Nur mein Rad störte mich bei dieser Menschenenge, es war mir permanent im Wege. Nur was soll ich mit dem guten Stück machen, überlegte ich. Weißt du was, sagte ich zur Tante, mir kommt da gerade eine Idee, ich werde nochmals zum Fahrkartenschalter gehen und dort nachfragen ob ich das Rad einfach mit der Bahn von hier nach Braunschweig schicken kann.
Wenn das möglich ist gebe ich es einfach auf. Natürlich geht das, erklärte der Bahnbedienstete am Schalter, das ist überhaupt kein Problem.

Gern habe ich es nicht getan. Mit durchaus mulmigen Gefühl reichte ich das gute Stück also dem freundlichen Mann durch die Tür neben der Glasscheibe. Schnell war es meinen Blicken entschwunden. Ich hoffte, dass das Rad mit uns zusammen in Braunschweig ankommen wird. In diesem Moment sahen wir ihn in der Ferne schon dampfend aber recht langsam heran-kommen. Eigentlich hörten wir ihn nur. Natürlich fuhr auch dieser Zug der Deutschen Reichsbahn in der Dämmerung auch ohne Beleuchtung. Zischend und dampfend kam er langsam näher.
„Du kannst dir bestimmt vorstellen wie glücklich ich war. Jetzt haben wir es geschafft, jetzt wird alles gut und in ein paar Stunden sind wir in Braunschweig", dachte ich.
Just in diesem Moment knackte es in der Laut-

sprecheranlage des Bahnhofs und erschreckt hörte ich die Durchsage, dass dieser Zug nicht nach Braunschweig sondern nach Dresden fährt. „Du kannst dir sicherlich vorstellen was das für ein großer Schock für mich war". Was sollen wir nun machen, wo sollen wir bleiben. Total verunsichert berieten wir uns. Sollen wir hier noch einen Tag auf einen anderen Zug warten? Aber wir wussten doch auch nicht ob ein Zug von hier überhaupt nach Braunschweig fährt und wenn, dann wann. Kurz nur überlegten wir, schnell stand der Entschluss fest, wir nehmen einfach diesen Zug, nur weg von hier, Hauptsache in Richtung Westen. „Dann fahren wir halt nach Dresden. Von dort fährt bestimmt ein Zug nach Braunschweig, wir waren uns einig".

„Du kannst dir bestimmt vorstellen, dass

natürlich jeder mit diesem Zug mitfahren wollte, es gab ja nur den einen und so oft wird der kleine Bahnhof bestimmt nicht von der Bahn besucht werden. Ein furchtbares Gedränge und Geschrei überall, Rücksichtslosigkeit herrschte.

Als der langsam heranrollende Zug schließlich zum Stillstand gekommen war, stand mir das Glück zur Seite. Ich stand zufällig an der richtigen Position, direkt an einer Waggontür. In beiden Händen die Koffer, und dich vor mir her schubsend erklomm ich so die drei Waggonstufen. Inzwischen hatte der Lokführer plötzlich die Pfeife der Dampflok betätigt. Schrill hörte es sich an, vielleicht war es das Signal für die baldige Abfahrt, dachte ich. Gleich als erste stand ich deshalb schnell im Zugabteil. Nur ein kurzer Blick in die Runde genügte mir, dann sah ich sie sofort die drei freien Plätze rechts vor mir. Welch ein Glück. Nur Sekunden später hatte ich sie in Beschlag genommen. Aber es war keine angenehme Situation. Natürlich musste man schnell sein und dabei auch immer wieder mal die Ellenbogen einsetzen. Alle taten das, jeder war sich selbst der Nächste. Die Tante aber war nicht zu sehen, wo mag sie stecken, ich machte mir wirklich große Sorgen. Nach einiger Zeit des Suchens sah ich sie dann schließlich, sie stand noch auf dem Bahnsteig, umringt von einer riesigen Menschentraube. Sie schaffte es offensichtlich nicht sich durch die Menschenmenge zu kämpfen um in den Waggon zu gelangen. Natürlich hielt ich einen Platz für sie frei. Aber das war unheimlich schwer, ein richtiges Abenteuer. Ich musste pausenlos um den dritten Platz kämpfen. Natürlich wurde ich immer wieder beschimpft, besonders als ich einen Koffer zum Reservieren

auf den freien Sitz legte. Die Menschen waren natürlich mit meiner Aktion nicht einverstanden. Doch ich wehrte mich, gab nicht nach. Immer wieder sah ich aus dem Fenster, suchte die Tante. Dann endlich trat sie durch die Waggontür, sie hatte es geschafft. Es war wirklich höchste Zeit, länger hätte ich den dritten Platz nicht reservieren können.
Jeder wollte doch einen Sitzplatz im Zug bekommen.

Wie alle Züge in der Kriegszeit fuhr auch dieser nur nachts und natürlich aus Sicherheitsgründen auch wieder ohne Beleuchtung und außerdem extrem langsam. Schade das es draußen so dunkel war, ich hätte zu gern gesehen wo wir hinfahren und wie die Landschaft aussieht. Auch hätte ich gern die Ortsnamen an denen wir vorbei fuhren gelesen. Aber das war leider nicht möglich. Anfangs sah ich noch vereinzelte kleine unbeleuchtete Bahnhöfe im Halbdunkel aber ihre Namen waren nicht zu erkennen. Ruhig war es inzwischen im Zug geworden, die Menschen schliefen offensichtlich erschöpft. Auch du bist schon gleich nach Fahrtbeginn eingeschlafen. Ohne es zu bemerken übermannte mich nach kurzer Zeit auch die Müdigkeit.
Nach langer Fahrt plötzlich ein schrilles Quietschen und Ruckeln. Ich erwachte und fuhr erschreckt hoch. In diesem Moment hielt der Zug auch schon quietschend. Erst durch die Lautsprecherdurchsage erkannte ich dass wir in Dresden angekommen sind.

Zu dieser Zeit wusste die Tante noch nicht dass sie ihren Ehemann Richard durch den Krieg verloren hat. Er gehörte ja auch zu der großen Masse von alten Männern und Jugendlichen die in den letzten Kriegstagen die Festung

Breslau verteidigen mussten. Dort verlor er wie 6200 weitere, im Februar sein Leben.

Auch an meine Schwester Hilde musste ich immer wieder denken. Wo mag sie nur mit ihren 3 Kindern sein.

Viele Jahre später, nachdem wir uns über den Suchdienst wieder gefunden hatten, erzählte sie mir in Lohmar, dort war sie nach der Flucht zu Hause, dass sie mit ihren drei Söhnen einen anderen Weg geflüchtet ist. Unser Fluchtweg auf einem Ackerwagen aus dem Dorf ging in südliche Richtung, in die Tschechei. Aber, erzählte sie weiter, es war nur eine kurze Flucht, wir sind schließlich nur 8 Tage später wieder mit dem Bauern nach Lengefeld zurück gefahren. Er wollte unbedingt nach seinen Tieren in den Stallungen sehen. Er machte sich große Sorgen und wir hofften auch in Lengefeld bleiben zu können. Doch schon nach 3 Wochen musste ich feststellen, dass das eine Fehlentscheidung war, erzählt sie weiter. Denn Ende Februar 1946 begannen die Polen mit der „Aktion Schwalbe" mit der Vertreibung der noch im Land verbliebenen Schlesier. Die neuen Hausbesitzer vertrieben uns Lengefelder sofort aus dem Dorf und transportierten uns zum Breslauer Hauptbahnhof. Ein Zug stand dort schon bereit. Eingepfercht in Güterwaggons, ohne Sitzmöglichkeiten und Toiletten, wurden wir alle nach Troisdorf transportiert.

Und weißt du, erzählt sie mit stockender Stimme weiter, ich habe auch meinen Ehemann Fritz, am 04.10.1944 durch den Krieg verloren. Er wurde doch nur 39 Jahre alt.

3. Dresden

Der 27. Januar 1945 war ein Sonnabend. Sieben Tage waren wir nun schon auf der Flucht ohne erkennbares Ziel und ich hoffte auf ein baldiges Ende. Es war für mich eine eigenartige Situation, denn vom Krieg hatten wir doch noch überhaupt nichts gesehen. Wir wussten doch gar nicht vor wem wir fliehen sollen. Alles kam mir manchmal vor wie auf einer anstrengenden, schlecht organisierten Reise.

Total verunsichert stiegen wir in Dresden aus dem Zug. Wieder war mir alles fremd. Verwirrt stand ich auf dem Bahnsteig 8 und schaute nach allen Seiten. Hoffen und Bangen erfüllten mich parallel.

„Du kannst dir sicherlich vorstellen, Wolfgang, wie mir in diesem Moment zu Mute war. So etwas hatte ich noch nicht gesehen. Ich staunte über die Größe des riesigen Bahnhofs und ganz besonders über die 16 Bahnsteige. Immer wieder drehte ich mich im Kreis und suchte dabei den Weg zum Ausgang. Wo mag er sein, in welche Richtung sollen wir jetzt laufen. Aber, und das erkannte ich schon bald, dieser Bahnhof ist ja ein Kopfbahnhof und da gibt es doch nur eine Richtung zum Ausgang".

Doch ich brauchte nicht lange zu suchen. Eingekeilt inmitten einer großen Menschenmenge hatten wir doch nur die eine Möglichkeit. Wir mussten mit der Maße mitlaufen. Wir hatten keine andere Wahl. Ohne es zu bemerken standen wir plötzlich im Freien, auf dem Bahnhofsvorplatz. Erst hier kamen wir ein wenig zur Ruhe, konnten durchatmen und spürten wie müde und hungrig wir eigentlich waren. Es war ein furchtbar bedrückendes Gefühl so hilflos und allein zu sein. Alles war so furchtbar fremd.

Was sollen wir hier nun machen, wie sollen wir uns entscheiden.

Weißt du, sagte ich schließlich zur Tante, als sie mich fragend ansah, vielleicht ist es wirklich das Beste wenn wir wieder in das Bahnhofsgebäude zurück gehen um zu versuchen einen Zug nach Braunschweig zu bekommen. Oder ist es vielleicht sinnvoller für einige Zeit hier in Dresden zu bleiben?

Aber wir waren uns schnell einig. Was sollen wir hier in Dresden machen, es ist doch alles so fremd für uns und wir wussten doch auch nicht wo wir hingehen sollten. Schnell entschieden wir uns deshalb für eine Weiterfahrt nach Braunschweig. Kurze Zeit später standen wir wieder in der großen Bahnhofshalle. Enttäuscht lasen wir aber immer wieder den Fahrplan. Es fuhr kein Zug nach Braunschweig. Den ganzen Tag hatten wir nun Wartezeit denn der nächste Zug fuhr erst am Abend, wieder nur nachts. Wie furchtbar, was sollen wir nur in der ganzen Zeit machen.

Die Tante war ganz still geworden, sie schaute immer nur vor sich hin. Man hätte glauben können als suche sie dort etwas. Offensichtlich war sie ganz in Gedanken, sie sagte aber kein Wort.

„Ganz ruhig standen wir und schauten uns immer wieder hilflos an. Unvermittelt, ich wusste gar nicht wie so, kam mir ein ganz besonderer Gedanke. Weißt du was mir gerade einfällt, sagte ich zu ihr, der Eberhard hat mir mal von entfernten Verwandten seiner Adoptiveltern erzählt die in Dresden leben sollen und Pfingst heißen und wohl in der Neubühlauer Str. wohnen sollen. Wir haben doch so viele Stunden Zeit, vielleicht sollten wir versuchen sie zu finden, zu ihnen zu gelangen. Das wäre

doch eine Möglichkeit die Wartezeit zu verkürzen um so vielleicht eine kleine Erholungspause einzulegen. Den Gedanken, dass wir
doch völlig fremde Menschen für diese Familie
waren, den hatte ich in diesem Moment nicht.
Aber der Versuch war ja wohl sowieso zwecklos,
wie sollen wir sie in einer so großen Stadt
finden, ratlos schaute ich nach allen Seiten,
hoffte auf plötzliche Hilfe".
Ganz überraschend kam sie, die Hilfe. Rein
zufällig querte doch gerade ein Polizist, nur
wenige Meter von uns entfernt, den Vorplatz.
Ihn sprach ich an und erzählte ihm von
unserer Suche. Das wird kein großes Problem
sein, lächelnd bat er uns mitzukommen.
Freundlich nahm er uns mit auf seine Wache,
gleich in der Nähe. Dort ging dann alles ganz
schnell. Gemeinsam mit einem Kollegen halfen
die Polizisten schnell und zeigten uns auf einer
großen Karte an der Wand, den Weg in die Neu-
bülauer Str. in das Dresdener Prominenten-
viertel.
Ich kann es gar nicht erklären. Obwohl doch
alles so ungewiss war fühlte ich mich regelrecht
erleichtert. Und so liefen wir einfach dem Unbekannten entgegen.
„Ich kann mich noch gut erinnern, dass die
Lauferei für dich ganz schlimm gewesen sein
muss. Du hast dich fürchterlich gequält, du
mochtest einfach nicht mehr weiter, weintest
auch immer wieder ein wenig. Du hast mir sehr
leid getan. Gern hätte ich dich deshalb ein
wenig unterstützt und dich ein paar Meter
getragen, aber ich hatte doch in jeder Hand
einen Koffer".
An die Länge der Wegstrecke kann ich mich
überhaupt nicht mehr erinnern. Ich weiß nur
noch dass ich regelrechte Glücksgefühle bekam als wir urplötzlich vor dem Straßenschild
mit der Beschriftung Neubühlauer Straße

standen. Wir waren offensichtlich angekommen.

Neubühlauer Straße

Trotzdem war ich total verunsichert, zweifelte
inzwischen ob es die richtige Entscheidung war
völlig fremde Menschen aufzusuchen. Eine
ganze Weile standen wir deshalb noch still
und schweigend vor dem Haus. Total verunsichert kämpfte ich mit meinen Zweifeln. Soll
ich jetzt an der Haustür klingeln oder nicht und
wenn, wie soll ich unser Kommen erklären. Ich
zögerte noch eine ganze Weile, trat schließlich
an die Haustür heran und hielt ohne zu
drücken den Daumen auf den Knopf der
Klingel. Ich traute mich nicht. Schließlich
drückte ich doch, aber mehr im Unterbewusstsein, auf den kleinen Knopf. Diese
seltsame Situation kann ich heute überhaupt
nicht mehr beschreiben.
Nach einer kurzen Wartezeit öffnete sich fast
geräuschlos die Tür ein wenig, aber nur einen
Spalt und eine ältere Dame war zu erkennen.
Guten Tag, sagte sie schließlich freundlich, was
kann ich denn für sie tun? Fragend schaute sie
durch diesen Spalt. Verständlicher Weise
musterte sie mich misstrauisch von unten bis
oben. Ich war doch eine fremde Person für sie
und es war sicherlich auch keine vertrauens-
volle Zeit. Und besonders gepflegt sah ich
bestimmt auch nicht aus. Körperpflege und
Kleiderwechsel war doch in den vergangenen
Fluchttagen nur begrenzt oder gar nicht
möglich gewesen. Vermutlich sah ich wie eine
Bettlerin aus. Und so stand ich halt hilflos vor
der Tür und versuchte eine Erklärung abzugeben.

„Guten Tag, entschuldigen sie, ich heiße Martel und ich bin die Ehefrau von Eberhard".
So, sie heißen also Martel, aber einen Eberhard und eine Martel kenne ich nicht, leise waren ihre Worte. Natürlich konnte die Familie Pfingst uns nicht kennen, aber vielleicht unsere Namen, hatte ich gehofft. In diesem Moment sah es schon so aus als wolle sie die Tür wieder schließen.
„Warten sie doch bitte noch eine Sekunde. Ich möchte das erklären. Wissen sie, Eberhard ist nämlich der Adoptivsohn von Oskar und Elisabeth Pohl aus Breslau und ich bin seine Frau". Dann erzählte ich ihr noch, dass wir schon 6 Tage wegen des Krieges auf der Flucht aus Schlesien seien und weil wir zufällig in Dresden auf dem Bahnhof einen Aufenthalt hätten wollten wir sie einmal besuchen.
Erst als das Gespräch auf Eberhards Adoptiveltern kam, erkannte sie den Zusammenhang. Jetzt lächelte sie freundlich und bat uns ins Haus zu kommen. Sie wolle gern noch etwas mehr über Oskar und Elisabeth erfahren, erklärte sie. Sie hätte die beiden schon lange nicht mehr gesehen und hoffentlich geht es ihnen gut.
Nach so vielen Jahren weiß ich heute gar nicht mehr genau was sie mich damals alles gefragt hat. Aber wir haben lange bei einer Tasse Tee zusammen gesessen und gesprochen.

Wenn ihr möchtet könnt ihr 1 bis 2 Tage hier im Haus bleiben und euch ein wenig erholen. Das Gästezimmer ist ja frei und das kann ich schnell herrichten. Dieser Tag war ein Glückstag für uns, das stellten wir schnell fest. Zwei Nächte konnten wir bei der lieben Familie Pfingst bleiben. Jetzt fühlten wir uns richtig wohl und sahen wieder wie Menschen aus. Am späten Vormittag des dritten Tages, nahmen wir von den freundlichen Leuten Abschied. Ich erzählte ihr noch, dass wir nun versuchen werden nach Braunschweig zu kommen weil ja Eberhard dort stationiert ist. Die gute Frau Pfingst hatte uns noch ein liebevolles großzügiges Lunchpaket gepackt. Damit ihr für unterwegs etwas zu essen habt, wie sie freundlich sagte. Nur ein paar Stunden später stellten wir schon fest, dass diese Paket eine große Hilfe für die nächsten Tage war.

„Der Weg zum Bahnhof war uns ja bekannt. Wir konnten uns Zeit lassen und liefen deshalb gemütlich langsam. Ich wusste doch dass erst am Abend ein Zug nach Braunschweig fährt. Wir trödelten deshalb und schauten nach allen Seiten, sahen uns die Stadt ein wenig an und haben es gar nicht bemerkt dass wir plötzlich wieder vor dem großen imposanten Gebäude des Bahnhofs standen.
Auf diesem Fußmarsch hatten wir uns viel unterhalten und den weiteren Ablauf unserer Flucht dabei festgelegt. Aber wir waren uns ja schon einig gewesen, dass wir nach Braunschweig fahren wollen, der Entschluss stand doch fest. Beinahe unbemerkt standen wir plötzlich wieder in der großen Bahnhofs-halle. Im Stillen hofften wir nicht zu lange auf einen Zug warten zu müssen.
„Eigentlich war ich nicht überrascht und auch nicht enttäuscht, ich kannte es ja schon dass der Zugverkehr nur nachts stattfindet. Mehr-mals las ich trotzdem den Fahrplan der an der Wand in der Bahnhofshalle befestigt war in der Hoffnung etwas übersehen zu haben. Vielleicht gibt es doch eine günstige Abfahrtzeit, aber ich sah leider keine. Wahrscheinlich wegen des Krieges, fuhren nur wenige Züge in Richtung Braunschweig.
Nun hieß es wieder Geduld zu haben, warten

können, aber das hatten wir ja inzwischen schon gelernt. Es war recht dunkel im Wartesaal der 3. Klasse. Auf den Holzbänken die direkt an der Wand entlang aufgestellt waren, konnten wir noch einen freien Platz finden. Wir waren glücklich, denn es war doch die einzige Möglichkeit hier im Bahnhof die lange Wartezeit zu überbrücken. Angenehm warm und still war es auch. Die Ruhe konnten wir gut gebrauchen, sie tat uns gut. Beinahe wäre ich schon eingeschlafen als mir das Lunchpaket von Frau einfiel. Das Essen und Trinken tat uns richtig gut und so kamen wir wieder langsam zu Kräften.

Trotzdem dauerte es nicht sehr lange und die Strapazen des Tages zeigten ihre Wirkung. Alle drei sind wir beinahe gleichzeitig eingenickt. Du schliefst ganz fest, bekamst nichts mehr mit. Nur ich schlief oberflächlich. Immer wieder schreckte ich hoch, lauschte hoffnungsvoll der Stimme die durch den klirrenden Lautsprecher die Züge ankündigte. Braunschweig war aber nie dabei.

Natürlich wusste ich, dass man Geduld haben musste. Ich nahm es einfach hin, es war ja nicht zu ändern. Wie viele Stunden wir im Wartesaal verbracht haben weiß ich heute nicht mehr. Es dauerte glaube ich, aber eine Ewigkeit. Dann endlich hörte ich die Ankündigung eines Zuges der als Ziel Braunschweig hatte.

Es dämmerte bereits bei der Abfahrt. Natürlich wieder eine Fahrt in der Nacht. Aber zum Glück war der Zug nicht sehr belegt so dass wir schnell einen Sitzplatz fanden. In der dritten Klasse des Waggons saßen wir schweigend auf der Holzbank nebeneinander. „Du warst schon wieder auf meinem Schoß eingeschlafen. Diese vielen Wege der Flucht und die fehlende Möglichkeit sich richtig auszuschlafen waren

sicherlich viel zu anstrengend für dich Dreijährigen".
Obwohl es doch schon dunkel war schaute ich immer nur aus dem Fenster und versuchte dabei an nichts zu denken. Todmüde war ich einschlafen konnte ich anfangs nicht. Zu sehr beschäftigten mich unsichere sorgenvolle Gedanken. Was wird wohl auf uns zukommen und was wird mit uns in Braunschweig werden. Ich sorgte mich im Stillen. Wie wird es wohl in der fremden Stadt weiter gehen. Alles war doch so Ungewiss. Die großen Sorgen marterten. Ich kannte doch keine Adresse, kannte keine Unterkunft, wusste von keiner Bleibe. Wo sollen wir in Braunschweig hin. Diese Gedanken gingen mir während der langen eintönigen Fahrt nicht mehr aus dem Kopf. Große Zukunftsängste beherrschten mich.

Viele Jahre später hatte ich einmal gehört, dass kurz nach unserer Abreise die Stadt Dresden vom 14. auf den 15. Februar, durch Bombenangriffe der amerikanischen und britischen Luftwaffe, zu einem großen Teil zerstört wurde. 25000 zivile Todesopfer waren zu beklagen. Aber da waren wir nicht mehr in Dresden, wir hatten großes Glück gehabt.

4. Fremd in Braunschweig

Eigentlich empfand ich es inzwischen als sehr angenehm wieder nur nachts zu fahren. So eine Fahrt war sehr erholsam für mich weil ich etwas Ruhe finden konnte. Nur dieses mal war es anders. Ich konnte mich überhaupt nicht entspannen. Zu viele ungewisse Dinge gingen

mir durch den Kopf, belasteten mich. Was hinter uns lag wussten wir - aber was kommt auf uns zu, was erwartet uns noch. Immer wieder kreisten sorgenvolle Gedanken durch meinen Kopf, ließen mich nicht ruhen. Werden wir in Braunschweig eine Unterkunft finden und wird Eberhard noch dort sein. Auch an mein Bismarck-Fahrrad musste ich immer wieder denken. Ob es wohl in Braunschweig angekommen ist?
Den Fahrradschlüssel und den Abgabeschein hielt ich schon lange fest in der Hand. Hoffentlich ist mit dem Rad alles gut gegangen. Es kam mir diesmal vor als dauere die Fahrt unendlich lange, sie wollte keine Ende nehmen. Als wäre der Zug ewig unterwegs, viele Stunden. Ich hatte ja kein Zeitgefühl mehr, aber es muss wirklich eine lange Zeit gewesen sein. Wie lange kann ich heute aber nicht mehr sagen. Je länger wir unterwegs waren und Braunschweig näher kamen, um so mehr nahmen meine Sorgen zu. Die Angst vor der neuen Stadt steigerte sich, Angst vor dem Ungewissen. Es war doch alles total fremd. Ein wenig Beruhigung fand ich bei meinen Gedanken an Eberhard, mit ihm wird bestimmt alles gut. Ich hoffte doch ihn sofort in Braunschweig zu finden.

Wie in Trance, in mich gekehrt, saß ich ganz still auf meinem Platz und nahm dabei überhaupt nicht wahr dass die Bahn ihr Tempo plötzlich verringerte. Ich bemerkte es überhaupt nicht. Erst als der Zug quietschend zum Stillstand kam und ich die nicht sehr hell leuchtenden Lampen im Bahnhof sah, der mitten in der Stadt war, wusste ich dass wir angekommen sind. Eine etwas klirrend klingende weibliche Lautsprecherstimme kündigte den Reisenden den Hauptbahnhof

Braunschweig an. Wir hatten unser Ziel erreicht.

„Du kannst dir sicherlich vorstellen, dass ich
total verwirrt war. Plötzlich standen wir auf
dem Bahnsteig und drehten uns nach allen
Seiten. Wir suchten den Ausgang aber wir
sahen ihn nicht. Mitten in eine riesige
Menschenmenge eingekeilt. Wir sahen nichts
und mussten einfach mitlaufen, wir wurden
regelrecht mitgerissen".
Ich bemerkte nicht mal, dass es eigentlich nur
einen Weg zum Ausgang geben kann, denn
dieser Bahnhof ist nämlich auch ein Kopfbahnhof. Doch das bemerkte ich erst viel später.
Die Menschen drängten doch nur in eine
Richtung. Aber es war ein unangenehmes,
angsteinflößendes Gedränge und Geschubse
und ich machte mir Sorgen um dich. Rück-
sicht auf kleine Kinder, nahm doch zu dieser
Zeit keiner.

Plötzlich standen wir im Freien, auf dem Bahnhofsvorplatz. Ich habe es erst gar nicht bemerkt. Hilflos schauten wir uns an. Was
machen wir nun, wir wussten es nicht. Unsere
Koffer hatten wir inzwischen vor uns abgestellt
als mir just in diesem Moment mein Fahrrad
wieder einfiel. Es muss doch hier in
Braunschweig sein. Ich werde es sofort suchen
gehen, schauen ob es überhaupt hier angekommen ist. Schon während der Bahnfahrt
hatte ich mir immer wieder sorgenvolle Gedanken um mein Rad gemacht.
„Ich laufe nochmals schnell zurück in das

Bahnhofsgebäude, erklärte ich nur kurz der Tante. Ich muss doch mein Fahrrad suchen, ich versuche es zu finden. Bitte passe gut auf Wolfgang und die Koffer auf. Ich bin gleich wieder zurück".

Angstvolle Gedanken gingen mir nun durch den Kopf. Vielleicht war es ja leichtsinnig gewesen, das Rad zur Kriegszeit in Schlesien mit der Bahn nach Braunschweig zu schicken, Aber, beruhigte ich mich, ich hatte ja gar keine andere Möglichkeit gehabt. Es wird schon alles gut gegangen sein.
Den Schlüssel für das Fahrradschloss und den Aufgabeschein hatte ich ja schon im Zug fest in der Hand gehalten. Nur wo muss ich jetzt hin- laufen, ich kannte mich doch hier nicht aus. Alles war so furchtbar fremd. Ich irrte hilflos in dem riesigen Bahnhofsgebäude umher, als sich unerwartet Hilfe einstellte. Ein wohl zufällig vorbeikommender Bahnbediensteter hatte wohl meine Verwirrung gesehen: „Kann ich ihnen vielleicht helfen, junge Frau". „Erschrocken drehte ich mich um und sah dass der Fremde Bahnuniform trug. „Oh ja, das wäre ganz schön". „Wissen sie, ich suche nämlich mein Fahrrad, es muss hier in Braunschweig sein. Ich habe es vor vier Tagen in Hermannsdorf in Schlesien per Bahn aufgegeben. Nur ich weiß nun nicht wo ich es hier finden kann".
Das ist doch kein Problem sagte der Bahner und zeigte auf einen Teil des Gebäudes im hinteren Bereich. Das dort ist die Gepäckauf- bewahrung, sicherlich werden sie ihr Rad finden.
Wirklich er hatte Recht. Unheimliche Glücks- gefühle überfluteten mich als man mir das Rad reichte. Kurze Zeit später stand ich erleichtert, das gute Stück schiebend, wieder bei dir und der Tante.

„Hilflos schauten wir uns nun an, was machen wir jetzt, wohin gehen wir. „Als erstes müssen wir uns eine Bleibe, eine Unterkunft suchen".

„Dass Eberhard nicht mehr in Braunschweig stationiert, sondern schon im Kriegseinsatz in Leningrad in Russland war, habe ich in diesem Moment nicht gewusst und erst viel später von ihm erfahren".

„Neun schwere Tage waren wir nun schon auf der Flucht aber vom Krieg haben wir überhaupt nichts mitbekommen. Erst hier, auf dem Bahnhofsvorplatz, sahen wir zum ersten mal das furchtbare Ergebnis des Krieges".

Erschreckt und fassungslos schauten wir immer wieder auf das was wir vor uns sahen. Die Braunschweiger Innenstadt, die Altstadt, lag total in Trümmern. Zerstört von den Bomben der Royal Air Force. Häuser standen hier keine mehr und Straßen waren kaum noch zu erkennen.

Eine Unterkunft konnten wir hier wirklich nicht finden. In diesem Trümmerfeld gab es mit Sicherheit keine Möglichkeit ein Zimmer zu mieten, denn es waren doch keine mehr vorhanden. „Du kannst dir bestimmt denken wie hilflos wir in diesem Moment waren. Angst kam sofort auf. Wir wussten doch nicht in welche Richtung wir laufen sollen.

Nach kurzer Beratung waren wir uns dann aber einig. Wir müssen unbedingt von den Trümmern hier weg und versuchen an den Stadtrand zu kommen. Dort werden die Häuser hoffentlich noch alle stehen.

Zum Glück begann es bereits Tag und hell zu werden. Wir liefen einfach auf der einzigen noch intakten Straße, sie war gleich neben dem Bahnhof, entlang. Meine Koffer hatte ich fest auf dem Rad festgebunden, das erleichterte enorm das Laufen. Ziellos, immer gerade aus. Wir wussten natürlich nicht wohin. Vielleicht waren wir schon eine halbe Stunde unterwegs als wir offensichtlich in eine Grünanlage kamen. An einem Straßenschild las ich, dass diese Straße hier Brodweg heißt.

Wir waren wohl inzwischen schon 3 bis 4 Kilometer gelaufen als wir erkannten dass wir uns offensichtlich in der Nähe einer Klein-gartenanlage, mit vielen kleinen Einfamilien-häuser befanden.

Hier am Stadtrand kam, als wir die Straße entlang sahen, sofort Zuversicht und Hoffnung auf. Ein Zimmer würde uns ja schon genügen, aber wie sollen wir eines bekommen, wir wussten es nicht und waren unschlüssig. Immer wieder schaute ich jetzt nach links und rechts, sah mir jedes Haus im Vorbeigehen an. Ich suchte nach einer Unterkunft.

„Weißt du was, sagte ich schließlich zur Tante, ich werde einfach an jeder Haustür klopfen oder klingeln unsere Situation erklären und nach einer Unterkunft fragen".

Ich ging also von Haus zu Haus, klopfte, er-zählte von unserer Flucht und fragte ob sie ein freies Zimmer hätten und es uns vermieten können. Immer nur Kopfschütteln. Langsam verließ mich der Mut und die Hoffnung. Ich wollte schon aufgeben als ein freundlicher älterer Herr seine Haustür öffnete und mich nach meinen Wünschen fragte. Auch ihm erzählte ich von unserer Flucht aus Schlesien und dass wir gerade in Braunschweig angekommen sind und nach einem Zimmer suchen. Auch erzählte ich ihm dass Eberhard in Braunschweig stationiert ist. Sobald ich ihn gefunden habe, sagte ich dem netten Herrn, wird das Leben wieder gut für mich.

Er nickte nur freundlich. Es war bei der Familie Hunger im Brodweg bei der wir ein Zimmer bekamen. Sie wollten es uns gern vermieten, uns Gestrandete aufnehmen wie der nette Herr

Hunger sagte.

Eine schwere Last fiel sogleich von mir ab. Jetzt konnten wir zur Ruhe kommen, wir hatten ein Dach über dem Kopf. Morgen wird alles gut da war ich mir sicher, dann werde ich sofort mit dem Rad zur Kaserne fahren und Eberhard suchen gehen. Ich hoffte sehr ihn dort zu finden. Wenn er doch schon bei mir wäre. Meine großen Sorgen und die immer anwesende Angst verließen mich bei den Gedanken an ihn schlagartig.

Heute werde ich ihn finden, ich war mir sicher. Herr Hunger hatte mir den Weg den ich zu fahren hatte genau erklärt. Voller Zuversicht und glücklich radelte ich also morgens mit dem Rad in Richtung Kaserne.

Doch die Enttäuschung und Ernüchterung kam schnell als ich an der Wache vor der Kaserne nach ihm fragte. Meine große Hoffnung Eberhard hier in Braunschweig zu finden, zerschlug sich auf der Stelle. Er sei, wie ich schnell von dem Wachhabenden erfuhr, nicht mehr hier und ist inzwischen auf die Insel Rügen abkommandiert worden, erklärte mir der nette Soldat.

Diese Nachricht traf mich hart. Zu gern wollte ich doch mit ihm Sorgen und Lasten teilen, mich auch mal in einem schwachen Moment bei ihm anlehnen. Grausam wurde mir bewusst dass ich zu früh gehofft hatte.

Denn der Krieg war ja noch gar nicht zu Ende. Zu erst flüchteten wir vor den Russen, nun rückten die Amerikaner mit ihren Truppen immer näher, wie wir schon bald erfuhren.

Immer wieder heulten nämlich mehrmals am Tag die Luftschutzsirenen und das bedeutete immer Bombenalarm. Dieses grausame Geräusch, schmerzte mir furchtbar in den Ohren.

Es ist ein Geräusch das mir bis zu diesem Tag
aber völlig unbekannt war.

Jetzt galt es sofort Schutz in einem Luftschutz-
bunker zu suchen. Um dort schneller hinzu-
kommen benutzte ich oft mein Fahrrad. Dich
nahm ich dann auf dem Gepäckträger mit.

In regelmäßigen Abständen flogen die
amerikanischen Kampfflugzeuge über Braunschweig hinweg und entledigten sich immer
wieder ihrer vernichtenden Bombenlast.
Dicht gedrängt, eng beieinander saßen die
Menschen im dunklen Betonbunker. Die Luft
war unerträglich, muffig und feucht. Nur ein
Notlicht sorgte für ein wenig Helligkeit. Tiefes
Schweigen herrschte, stilles banges Hoffen.
Manchmal hörte man sogar die nahen Ein-
schläge der Fliegerbomben.
Wann hört das endlich auf. Jeder horchte auf
das Ende des Luftangriffes. Was für ein
furchtbares Szenario. Erst waren wir vor den
Russen geflüchtet, jetzt suchten wir Schutz vor
den Amerikanern. Schweigend warteten die
Menschen auf das Signal der Entwarnung, das

uns signalisierte das der Bombenalarm aufgehoben ist.

Du kannst dir bestimmt vorstellen, wie froh die Menschen immer waren wenn sie den Bunker wieder verlassen konnten.

Auf dem Rückweg liefst du meistens neben dem Fahrrad her, an diesem für uns, beinahe verhängnisvollen Tag aber nicht. Du wolltest nicht laufen und so hatte ich dich einfach auf den Gepäckträger des Rades gesetzt. Das war auch für mich angenehmer und es ging viel schneller. Der Weg zu unserem Zimmer war ja nicht so weit und eigentlich auch, bis auf den Bahnübergang, den wir kurz vor unserer Unterkunft am Brodweg überqueren mussten, problemlos.
Dieser beschrankte Gleisübergang war mir durchaus bekannt. Ab und zu habe ich dort schon gestanden habe die Züge passieren lassen und ihnen nachgeschaut. Natürlich wusste ich dadurch, dass die Schranken wegen des Kriegsgeschehen immer geöffnet waren. Auch war mir bekannt dass zu dieser Zeit die Züge im Dunkeln immer ohne Licht fuhren, es war eigentlich nichts Neues für mich. Manchmal aber ist man in Gedanken oder vergisst auch solche Dinge.

Wir waren gut gelaunt und froh die beklemmende Atmosphäre des Betonbunkers verlassen zu haben und wieder im Freien zu sein. Schwatzend und überhaupt nicht auf die Bahn achtend, liefen alle auf den Bahnübergang zu. Weil ich doch mein Rad dabei hatte fuhr ich langsam, wohl so zehn Meter, mit dir auf dem Gepäckträger vor den Fußgängern her. Immer wieder drehte ich mich zum Unterhalten mal zu ihnen um.

Original Ölgemälde von Wolfgang Marschall

Ich konnte es mir überhaupt nicht erklären, sie muss ganz leise gekommen sein, gehört hatte ich sie auf jeden Fall nicht. Keiner von uns hat die sich schnell nähernde Lokomotive gesehen, oder hat sie gehört. Und wie es zu dieser Zeit üblich war fuhr sie natürlich auch ohne Licht. Nein, wir haben sie nicht bemerkt. Beinahe wäre es deshalb in diesem Moment zu einem tragischen Unglück auf dem Bahnübergang am Brodweg gekommen.
Erst durch den erschrockenen, schrillen Schrei unseres Vermieters Hunger – „Mensch Martel, pass auf da kommt doch eine Lokomotive" – gelang es mir in letzter Sekunde die Gleise zu überqueren. Gesehen habe ich sie aber erst als sie schon vorbei war. Wir beide hatten wirklich großes Glück gehabt.
Wenn ich heute darüber nachdenke, läuft mir immer noch ein Schauer über den Rücken. Nur wenige Zentimeter haben uns am Leben erhalten.

5. 08.Mai 1945 - Kriegsende -

Ohne einen besonderen Anlass, ich wollte nur ein wenig die frische Morgenluft genießen, bin ich an diesem 08. Mai nach dem Frühstück auf den Hinterhof des Hauses gegangen. Als erstes begrüßte ich dort die Schäferhündin „Senta" die in ihrem Zwinger ihr zu Hause hatte. Eigentlich war sie ein freundliches Tier, trotzdem ganz nah mochte ich nicht an sie herantreten, sie bellte sofort wenn man in ihre Nähe kam. Obwohl ich doch immer freundlich mit ihr sprach bellte sie trotzdem, vielleicht mochte sie mich nicht.

Anders war es bei dir. Du konntest gefahrlos deine Hand durch den Maschendrahtzaun stecken und sie kraulen. Ich glaube, dass du ihr Freund warst. Sie mochte wirklich nur dich.

Durch das Bellen des Hundes, hatte ich ihn gar nicht kommen hören. Plötzlich stand Herr Hunger hinter mir. Er sah sehr aufgeregt aus als er zu mir trat. Ohne mir einen Guten Tag zu wünschen sprudelte er regelrecht überschäumend sofort los: „Haben sie es schon gehört, Martel, wir können endlich aufatmen, der Krieg ist zu Ende. Generaloberst Jodl hat gestern am 08. Mai 1945 in Reims im Hauptquartier des Oberbefehlshaber der alliierten Streitkräfte in Europa, General Dwight D. Eisenhower, die bedingungslose Kapitulation des Deutschen Reichs unterzeichnet und heute ist sie in Kraft getreten".

So richtig begreifen konnte ich seine Worte in diesem Moment überhaupt nicht. Es soll jetzt Frieden und der Krieg zu Ende sein. Oh, das ist gut, sagte ich nur zu meinem Vermieter, mehr konnte ich nicht sagen. Es fehlten mir die Worte. Jetzt wird Eberhard bestimmt bald hier sein. Da war ich mir absolut sicher. Täglich fuhr ich nun mit meinem Rad voller Hoffnung zur Meldestelle und fragte nach Eberhard. Anfangs erhielt ich immer die gleiche unbefriedigende Antwort: „Leider können wir ihnen noch nichts Neues sagen".
Vier lange Wochen musste ich noch warten, dann erhielt ich plötzlich ein Lebenszeichen von Eberhard. Die Auskunft des Amtes trieb mir die Tränen in die Augen. Ich könne beruhigt sein, sagte man mir, denn Eberhard lebe und es gehe ihm geht. Allerdings ist er jetzt in britischer Kriegsgefangenschaft in Munster-Lager. Diese Nachricht übermannte mich. Un-

heimliche Glücksgefühle lösten spontan einen Tränenfluss bei mir aus.

Kriegsgefangenschaft, das war mir doch egal, Hauptsache er lebt.

Lange musste ich nicht mehr warten. Es ging wirklich schnell. Ganz überraschend kam er nach nur vier Wochen aus der Kriegsgefangenschaft zurück. Meine Adresse für Braunschweig hatte ich natürlich auf dem Amt hinterlegt. Eberhard sollte mich doch sofort finden können.

Endlich war er zurück. Jetzt wird alles wieder gut und wir können gemeinsam planen. Wir waren doch jung und wollten und mussten uns ein neues Leben aufbauen.

Aber, und das war uns sofort bewusst, dazu gehört unbedingt eine Arbeitsstelle. Täglich suchten wir fortan danach, fragten auf dem Arbeitsamt, bewarben uns. Die Enttäuschung kam immer sofort. Arbeit für uns gab es hier in der Stadt nicht. Es gab kaum noch Betriebe. Die Bomben der Alliierten hatten die meisten Unternehmen zerstört. Wir haben doch die total in Trümmern liegende Innenstadt inzwischen beinahe täglich gesehen. Die altertümlichen Fachwerkhäuser sind bis auf den Grund niedergebrannt. Von dem schönen Altstadtrathaus und dem Gewandhaus sind nur noch die Umfassungsmauern erhalten geblieben. Schwerste Beschädigungen gab es auch in den Industrie- und Wohnvierteln im Außenbezirk der Stadt. Vielfach waren ganze Straßenzüge unbewohnbar geworden.

Hier wurde erzählt, dass bis zu 1.000 Menschen in dieser Bombennacht 1944 ihr Leben verloren.

„Das alles habe ich in der Zeit in der ich allein in Braunschweig war überhaupt nicht bemerkt, es war mir total unbekannt. Erst jetzt, mit Eberhard zusammen, haben ich die Trümmer

aus der Nähe gesehen und da wurde auch mir klar, dass es für uns hier keinen Arbeitgeber geben kann".
Nur die Landwirtschaft sucht dringend nach Arbeitskräften, sagte man uns auf dem Amt. Aber Landwirtschaft gab es hier in der Stadt auch nicht. Deshalb gab es für uns nur eine Lösung, wir müssen Braunschweig schnellstens wieder verlassen. Ohne Arbeit konnten wir hier nicht bleiben. Doch wo sollen wir nur hin, wir waren ratlos.
Zufällig, wir gingen gerade über den kleinen Wochenmarkt, der hier in den letzten Wochen neu entstanden ist, als wir das Pappschild eines Landwirtes an seinem Gemüsestand lasen: „Suche dringend Landarbeiter, biete Arbeit und Unterkunft".
Dieses Pappschild stand am Marktstand des Schulenroder Landwirts Reimers. Er suchte dringend Arbeitskräfte. Jeden Samstag kam er mit seinem Treckergespann aus dem 12 km entfernten kleinen Dorf um auf dem Markt seine landwirtschaftlichen Produkte zu ver-kaufen.
Kurz nur berieten wir uns, dann sprach Eberhard den Landwirt an und erklärte ihm dass er in Schlesien eine landwirtschaftliche Ausbildung gehabt habe und dass er Arbeit suche und Interesse an dem Angebot hätte.
„Der Landwirt sagte sofort zu. Wenn ihr wollt kann ich euch am nächsten Sonnabend nach Beendigung des Marktes auf meinem Anhänger mitnehmen, dann ist auch ein Zimmer auf dem Hof für euch eingerichtet".
Wir waren total happy und regelrecht berauscht von unserem Glück. Natürlich wollten wir diese Chance nutzen. Wir verabschiedeten uns von der freundlichen Familie Hunger und zogen aufs Land. Wieder saß ich also auf einem Bauernanhänger, nur diesmal nicht mehr allein

mit dir, wir waren jetzt zu viert. Beinahe unbemerkt verlief die kurze Fahrt, plötzlich waren wir schon in Schulenrode. Es waren ja nur wenige Kilometer.

Anfangs gefiel uns das Zimmer richtig gut als wir es erstmals auf dem Hof des Bauern Reimers sahen. Natürlich mussten wir uns erst an diesen Raum gewöhnen in dem sich nun unser gesamtes tägliches Leben abspielten wird. Die große Enge bemerkten wir zu erst gar nicht. Doch je länger wir dort lebten um so mehr änderte sich unsere Ansicht. Schon nach kurzer Zeit wurde das Zimmer für uns vier Personen viel zu klein und unerträglich. Es wurde doch in diesem Raum, in dem wir alle schliefen, auch gekocht und gegessen. Auch die Wäsche musste natürlich zum Waschen in einem Einwecktopf auf dem Herd gekocht werden und der Lagerplatz für die Lebensmittel befand sich unter dem Bett. Abends feierten wir manchmal auch ein wenig. Ein altes Grammophon lieferte die Musik zu selbst gebranntem Rübenschnaps. Wir staunten immer wieder dass dir die Musik und auch unser lautes Reden überhaupt nichts ausgemacht hat, du schliefst mit deinen 3 ½ Jahren fest. Trotz dieser Unannehmlichkeiten waren wir zuerst sehr glücklich. Wir hatten Arbeit und ein zu Hause gefunden.

Aber je länger wir dort lebten um so mehr änderte sich unsere Einstellung. Es wurde einfach zu eng, zu nervig für uns drei Erwachsene und ein Kind, eigentlich war es unzumutbar. Du bemerktest dieses alles natürlich nicht so. Aber bei uns änderte sich immer schneller die Ansicht über das Zimmer. Unsere Unzufriedenheit wuchs beinahe täglich. Mit der Arbeit bei Reimers war Eberhard aber durchaus zufrieden. Schon nach wenigen Wochen entschieden wir uns aber trotzdem, das das kein Zustand auf Dauer für uns ist. Wir müssen uns verändern und im Dorf nach einer anderen Wohnung suchen. Nur wo finden wir eine, wer kann uns helfen. Jede Person fragten wir im Dorf nach einer Wohnung, aber alles war vergebens. Dadurch wuchs natürlich unsere Unzufriedenheit von Tag zu Tag.

Wieder spielte das Glück mit als sich nach 9 Monaten warten zufällig eine Lösung unseres Problems ergab. Helmut, ein Bekannter aus dem Dorf, erzählte uns dass er einen Bruder hätte der in Kreiensen leben würde. Und der hat ihm mal erzählt, dass es in Kreiensen Landwirtschaft, Handwerk und Industrie und einen großen Bahnhof gibt. Dort könnte man sicherlich Arbeit finden. Wir waren regelrecht von diesem Hinweis elektrisiert. Wir mussten es unbedingt versuchen und machten uns sofort für die Fahrt fertig.

Schon früh morgens waren wir mit der Eisenbahn nach Kreiensen unterwegs. Dich hatten wir bei der Tante in Schulenrode gelassen. Angenehm war die Fahrt. Sie kam mir recht kurz vor denn beinahe unbemerkt hielt der Zug plötzlich. Bahnhof Kreiensen klang es durch den Lautsprecher. Ganz allein standen wir auf dem Bahnsteig.

Kurz nur mussten wir uns orientieren. Der Keilbahnhof mit dem Wilhelminischen Bahnhofsgebäude war ja recht übersichtlich und wir erkannten deshalb schnell in welche Richtung wir zum Ausgang gehen mussten. Auf dem Weg zum Gemeindebüro sagte Eberhard plötzlich zu meiner Überraschung: „Weißt du was Martel, ich spüre es, dass heute unser Glückstag ist". „Bestimmt werde ich hier Arbeit finden". Der Weg durch den kleinen Ort zum Rathaus war ja nicht so weit, vielleicht nur 500 m. Wir haben es gar nicht bemerkt, plötzlich standen wir vor dem schönen alten Rathausgebäude. Über eine steinerne Treppe erreichten wir die Tür über der das Schild „Rathaus" angebracht war. Mit etwas Herzklopfen und großer Hoffnung betraten wir das Zimmer des Gemeindedieners und fragten ihn ohne Umschweife ob es hier in Kreiensen Arbeit für uns gäbe.

Aber, es war wieder wie immer. Die Enttäuschung kam auf der Stelle. Auch hier im Rathaus schüttelte man auf unsere Frage nach Arbeit nur mit dem Kopf. Nein, das tue ihm leid, erklärte der Büroangestellte, freie Arbeitsplätze gibt es hier in Kreiensen so kurz nach Beendigung des Krieges leider keine. Es war wirklich zum verzweifeln. Sollte die Fahrt umsonst gewesen sein?
Aber, wissen sie was, plötzlich wurde der Büroangestellte ganz aufgeregt, mir fällt da gerade etwas ein. Vielleicht habe ich doch etwas für sie, allerdings nicht hier in Kreiensen.
Ich erinnere mich gerade daran, dass vor ein paar Tagen der Obst- und Gemüsebauer Stübig aus dem Nachbardorf Brunsen bei mir war. Er

erzählte, dass er dringend Hilfskräfte für seine zu erstellende Obstplantage suche. Er biete nicht nur Arbeit, sondern gleichzeitig auch Wohnung in seinem speziell für seine Arbeiter neu erbauten Haus an.

Eberhard war sofort begeistert. Arbeit in der Landwirtschaft, das ist doch mein Fachgebiet, das ist doch was für mich, das ist unsere Chance. Natürlich wollten wir diese Möglichkeit nutzen. Wir überlegten überhaupt nicht lange und sagten sofort zu. In diesem Moment betrat der Bürgermeister das Büro. Freundlich nickte er als er von unserem Anliegen erfuhr. Ich werde sofort mit dem Bauern Stübig in Brunsen Kontakt aufnehmen. Stübig hat doch seit kurzem einen Telefonanschluss, ich werde ihm einfach von ihrer Suche erzählen. Vielleicht hat er ja Interesse und ich kann einen Termin absprechen. Kurze Zeit später betrat der Bürgermeister strahlend wieder das kleine Büro. Ich habe gerade mit Herr Stübig gesprochen, er ist einverstanden. Bitte lassen sie ihre Adresse hier, wir werden sie weiterleiten.
Wir waren aufgeregt und voller Spannung als wir nach einer gefühlt ewig langen Zeit Post aus Brunsen bekamen. Der Brief enthielt die Zusage das wir zum 01. März die Wohnung beziehen können.
Der Landwirt beschrieb uns mit einer kleinen Zeichnung genau den Weg zu diesem Haus. Und außerdem werde ich auch an diesem Tag auf meinem Acker sein und auf euch warten. Von meinem Acker aus kann ich euch kommen sehen. Ich warte dann am Haus.
Wir planten sofort den Umzug nach Brunsen.

Eigentlich hatten wir uns auf der Rückfahrt nach Schulenrode in der Bahn schon überlegt

wie so ein Ortswechsel von statten gehen kann und wer uns nun beim Umzug helfen könnte. Es fiel uns aber keine Lösung ein. Doch die Zeit drängte. Also wieder nach altem bewährten Muster verfahren, jede Person ansprechen, fragen und von unserem Vorhaben erzählen. Ja, es half, denn das Glück war wieder auf unserer Seite. Wir fanden einen Bauern der eine Fahrt nach Einbeck geplant hatte. Er kenne Brunsen seit Jahren gut, denn er habe dort sogar Verwandtschaft und er nächtige immer bei ihnen wenn er nach Einbeck zur dortigen Brauerei fahre. Der Termin passt doch gut, da kann ich euch mitnehmen. Ohne Umwege fahren zu müssen komme ich doch auf dem Weg nach Einbeck, direkt an Brunsen vorbei. Er erzählte mir nämlich, dass er mit seinem Holzgas betriebenen Traktor, und seinen zwei Anhängern einmal jährlich in die Bierstadt fährt um kostenlos Trester abzuholen. Man erfährt es ja täglich, dass viel Reden Erfolg bringt.
Holzgas war ja gleich nach dem Krieg die einzige bezahlbare Energiequelle für Lastwagen und Traktoren. Durch Verkohlung von Holz während der Fahrt entstand Holzgas und dieses trieb die Turbine des Motor an. Immer mussten die Fahrzeuge deshalb einen Anhänger mit Holzvorrat mitführen.
Der 01. März 1946 war also unser großer aufregende Tag des Umzugs. Schon in der Nacht konnte ich deshalb kaum schlafen. Viele Habseligkeiten besaßen wir ja nicht, nur einige Kleinmöbel, mein Fahrrad, zwei Betten und das was man so am Leibe trug. Das war alles ohne Probleme schnell verladen. Ein frischer, kalter Tag war dieser Märzanfang. Eine Temperatur die nicht besonders geeignet war für eine 100 km Fahrt auf einem offenen Anhänger. Wirklich das war kein reines Reisevergnügen. Zum

Schutz gegen die Kälte hatten wir uns alle in Wolldecken eingewickelt und eng zusammengekauert. Trotzdem froren wir jämmerlich auf dem offenen Wagen. Außerdem kam mir die Fahrt unendlich lang vor. Es war kaum auszuhalten. Aber die Hoffnung am Horizont, der Wunsch auf Arbeit und Unterkunft, verlieh uns Durchhaltevermögen und Kraft.

Wir bemerkten inzwischen die Zeit gar nicht mehr, dösten auf dem Anhänger vor uns hin, als die Fahrt plötzlich zum Stillstand kam. Wir waren am Ziel angekommen.

6. Die Zeit auf der Honigsburg

Ganz allein, mitten in der Natur stand es, unser neues Zuhause. Sprachlos standen wir davor und schauten ungläubig auf das Haus auf dem kleinen Hügel.

Speziell für landwirtschaftliche Helfer, die er für seine neu zu erstellende Obstplantage dringend benötigte, hatte der Landwirt Stübig, 1945, drei Kilometer vom Dorf entfernt, mitten im freien Gelände, ein neues Haus erbauen lassen. Auf den ersten Blick hat es uns wirklich gut gefallen.

An unserem Anreisetag pflügte der Bauer Stübig schon die ganze Zeit seinen Rübenacker.

Immer wieder schaute er dabei hoch, suchte entlang der kleinen Apfelallee die Bundesstraße 3 in Richtung Naensen ab. Er hatte ja freie Sicht denn die Apfelbäume waren zu dieser Jahreszeit noch blattlos und deshalb durchsichtig. Früh sah er uns deshalb schon in der Ferne kommen. Sofort beendete er seine Arbeit und tuckerte mit seinem Lanz Bulldog langsam vor sein neues Haus. Lang musste er wohl nicht warten denn schon nach kurzer Wartezeit hielt unser Transporteur direkt neben ihm. Steif gefroren quälten wir uns vom Wagen, als in dem Moment Herr Stübig freundlich zur Begrüßung an uns heran trat. Nachdem wir einige Worte gewechselt hatten standen wir stumm neben der Tante, keiner sagte ein Wort. An unseren Gesichtern konnte man bestimmt nicht erkennen was wir wohl gerade dachten. Sie war noch von der Kälte regungslos.

Unseren spärlichen Hausrat hatten wir inzwischen bereits abgeladen und vor das Haus gestellt. Wir sind bestimmt die ersten Mieter ging mir spontan in diesem Moment durch den Kopf. Ich war glücklich. Jetzt wird alles wieder gut, endlich ist die Flucht zu Ende.

Die beiden Landwirte standen schon die ganze Zeit zusammen. Offensichtlich kannten sie sich. Freundlich sprachen sie nämlich miteinander, sie scherzten und es sah aus als freuten sie sich das sie sich wieder einmal sahen.

Unser Transporteur, der nette Bauer aus Schulenrode, hatte uns noch erzählt, dass er nun zu seiner Verwandtschaft nach Brunsen fährt. Morgen fahre ich dann weiter nach Einbeck, um mir dort eine kostenlose Anhängerladung Biertreber bei der Brauerei abzuholen, erzählte er noch. Ich benutze die Malzrückstände nämlich als wertvolles Tierfutter. Freundlich verabschiedete er sich von uns und fuhr langsam in Richtung Brunsen davon.

Stübig griff nun, beinahe in Zeitlupe, in die Tasche seiner grünen Joppe und fingerte den Haustürschlüssel heraus. Langsam und ein wenig quietschend öffnete sich die schwere Holztür.

„Du kannst dir bestimmt vorstellen wie aufgeregt ich war. Gespannt blickte ich in das Innere des Hauses und versuchte jetzt schon von hier Details zu erkennen".

Wir waren total begeistert als wir in unsere neue Wohnung traten. Ja, sie gefiel uns sofort gut. Aber wie so oft im Leben verflog die anfängliche Begeisterung schnell. Nach dem kleinen Rundgang konnten wir es gar nicht glauben, nein dass kann es doch nicht geben. Eberhard und ich schauten uns fassungslos an. Wir suchten nämlich in dem neu erbauten Haus vergebens nach einem Wasseranschluss in der Küche und auch nach einer Toilette, auch ein Bad war nicht vorhanden. Unglaublich, stellten wir schnell fest, das Haus war ohne fließendes Wasser, ohne Bad und Toilette gebaut worden.

Stübig antwortete überhaupt nicht als wir ihn nach Trinkwasser befragten, er drehte sich einfach nur um und ging ohne ein Wort zu sagen aus der Wohnung. Durch ein Handzeichen gab er uns vor dem Haus dann zu erkennen, dass wir ihm folgen mögen. Vielleicht ungefähr 50 m liefen wir hinter ihm her auf einem schmalen Pfad, ein wenig bergan, direkt in`s freie Gelände. Plötzlich blieb er vor einem großen Berg Strohballen stehen. Kurz nur drehte er sich zu uns um und erklärte, dass wir nun am Wasserhahn angekommen sind. Wir standen staunend ganz still hinter ihm und sahen nichts. Wir begriffen es nicht. Vorsichtig entfernte Stübig drei der Ballen und legte sie vorsichtig zur Seite. Jetzt erkannte ich den Wasserhahn. Ich wollte es nicht glauben und schaute fassungslos auf das Unglaubliche. Die Wasserleitung kam doch direkt aus dem Berg. Wo mag das Wasser nur herkommen, dachte ich fassungslos. Schnell wurde mir bewusst, dass unser Trinkwasser täglich von dort per Eimer geholt werden musste.

Achten sie bitte um diese Jahreszeit auf die Strohballen, gehen sie vorsichtig damit um und decken sie immer die Leitung mit diesen ab, das ist ganz wichtig, erklärte Stübig ein- drucksvoll. Wissen sie, der Winter ist hier am Rande des Harzes nämlich immer hart und

deshalb liegen als Frostschutz die Strohballen über der Wasserleitung, damit sie nicht einfriert. Vergessen sie es bitte nicht und denken sie unbedingt daran, das hier im März auch noch mit Nachtfrost gerechnet werden muss. Schützen sie die Wasserleitung und aus Sicherheitsgründen empfehle ich ihnen immer einen Wasservorrat im Haus zu halten.
Jetzt wunderte ich mich nicht mehr über die vielen Strohballen die auf und neben der Zapfstelle aufgestapelt waren.
Kurz nur verabschiedete er sich, dann saß Stübig schon wieder auf seinem Traktor und tuckerte zurück ins Dorf.

Schon nach wenigen Tagen wurden wir an Stübigs Warnung erinnert. Jetzt noch, Ende März, hatte es nämlich die ganze Nacht geschneit. Kalt war es. Das ist Normalität hier am Harzvorland, erzählte man uns später mal im Dorf. Der Weg zur Wasserleitung war durch den nächtlichen Schneefall natürlich schwer passierbar geworden. Etwa 20 cm Neuschnee waren bis morgens gefallen und hatte den Weg zum Wasserhahn natürlich unpassierbar gemacht. Jetzt mussten wir Schnee schieben, uns einen Weg zum Wasserhahn freischaufeln.

Wir besaßen doch kaum Möbel und wollten sobald es die Witterung zulässt versuchen in Einbeck gebrauchtes Mobiliar kaufen. Ungeduldig wartete ich auf den Frühling und darauf dass der Schnee schmolz und die Erde abtrocknete.
Einbeck war über den Berg vielleicht acht Kilometer entfernt. Öffentliche Verkehrsmittel gab es damals noch nicht, wir mussten laufen. Der Feldweg von der Honigsburg nach Einbeck führte anfangs immer nur bergan, quer durch den Wald hindurch und an dem Wald-

restaurant „Zur Hube" vorbei. Von dort war der Weg nicht mehr weit und es ging dann nur noch bergab bis nach Einbeck.

Daran, dass wir nicht duschen konnten haben wir uns langsam gewöhnt. Aber an das andere, besonders unangenehmes Problem hier auf der Honigsburg, die Toilette, gewöhnte ich mich nicht. Ein Plumpsklo in doppelter Ausführung war es, als separater Anbau, rechts an das Wohnhaus angesetzt. Es war als Gemeinschaftsklo für alle Wohnparteien gedacht. Ich erinnere mich noch gut wie unangenehm es zu jeder Jahreszeit auf diesem stillen Ort war. Im Sommer war es der Kampf gegen die lästigen Fliegen und die schlimmen Gerüche aus der Tiefe und im Winter war ein Verweilen wegen der oft bitteren Kälte nur kurz möglich. Es gehörte schon eine gehörige Portion Überwindung dazu den Platz auf dem Örtchen einzunehmen. Dunkelheit herrschte außerdem auch, denn elektrisches Licht war dort nicht installiert.

Natürlich mussten wir uns an dieses Problem gewöhnen. Wir hatten doch keine andere Wahl.

Grundsätzlich waren wir ja glücklich und zufrieden den Schritt von Schulenrode nach Brunsen getan zu haben. Wir hatten jetzt eine Zwei-Zimmer Wohnung mit einem Kinderzimmer für dich unterm Dach und Eberhard hatte bei Stübig Arbeit gefunden. Auch für die Tante war ein Zimmer da, sie wohnte über uns im ausgebauten Dachgeschoss.

Die Hausgemeinschaft, zu der später noch die Familie Wiegand und Michael Zarna gehörten, teilten sich auch einige Räume im Erdgeschoss, gleich neben der Waschküche. Sie konnten sie als Kellerraum nutzen.

In der Waschküche stand in der Ecke ein ummauerter emaillierter Waschkessel. Beheizt wurde dieser nur mit Holz. Den Holzvorrat mussten wir natürlich selbst besorgen. Wir sammelten ihn im nahen Wald.

In dieser Waschküche spielte sich im Herbst und Winter ein Großteil des täglichen Lebens ab. Mittelpunkt war dabei der emaillierte Kessel. Er diente nicht nur zum Wäsche waschen, auch wurden in ihm die Lebensmittel durch Einkochen haltbar gemacht. Auch beim Schlachtfest oder zur Herstellung von Sirup war er ganz wichtig. Und heimlich nutzten die Männer ihn auch wenn sie Rübenschnaps brannten. Es waren immer wichtige, aufregende Aktivitäten.

7. Wir machten Sirup

„Ich weiß gar nicht ob du Sirup überhaupt noch kennst. Dieser braune süße Zuckerbrotaufstrich ist ja heute nicht mehr sehr modern, weil er wohl, nach heutiger Meinung, ungesund ist weil er zu viel Zucker enthält".

Damals aber war das anders. Wir waren ja darauf angewiesen. Uns fehlte doch auch das nötige Geld um so einen Luxusbrotaufstrich zu kaufen. Wir mussten recht sparsam sein denn

Eberhard verdiente ja nicht so übermäßig viel bei Stübig. So blieb nur die einzige Möglichkeit, Selbstversorgung. Das ganze Jahr war darauf ausgerichtet. Es begann bereits im Frühjahr im Garten und endete im Winter mit dem Schlachten.

Und am Ende des Jahres, immer im November, wenn Zuckerrübenernte war, machten wir dann eben eigenen Sirup in einer Menge die für das ganze Jahr reichen musste.
Dann, wenn sich der Raum der Waschküche mit einem süßlichen Geruch füllte, war Zuckerrübensirupzeit. Es ist dann der Termin zur Herstellung des schmackhaften Brotaufstrichs gekommen.
Natürlich benötigten wir zur Herstellung Zuckerrüben. Geduldig warteten wir bis der Bauer seine Ernte beendet und das Feld verlassen hatte. Dann kam unsere große Stunde. Ich konnte doch vom Fenster aus den Landwirt auf seinem Rübenacker bei der Rübenernte gut beobachten. Sein Acker lag ja genau der Honigsburg gegenüber, ich denke vielleicht so ungefähr 50 Meter Luftlinie.
Unseren kleinen Handwagen hinter uns herziehend zogen wir drei los, zum Stoppeln. Einen Eimer in der Hand haltend liefen wir auf dem Acker hin und her und suchten nach liegengelassenen, vergessenen Zuckerrüben. Wir sammelten so lange bis unser kleiner Handwagen, den wir am Feldrand abgestellt hatten, voll beladen war. Natürlich machtest du auch mit. Mit großer Begeisterung liefst du

kreuz und quer und suchtest das Feld nach Rüben ab. Es machte dir richtig viel Spaß. Lustig war es für mich dich so laufen zu sehen. Besonders witzig sah es aus wenn du bei jeder Rübe die du gefunden hast ganz still stehen geblieben bist als wolltest du sie bewachen.

„Du kannst dir bestimmt vorstellen, dass das eine Kräfte und Zeit raubende Angelegenheit für uns war". Das viele Laufen, kreuz und quer, auf dem aufgeweichten Lehmboden des Ackerlandes war äußerst anstrengend und machte mich schnell müde. Dazu kam noch das mühsame ziehen des Handwagens. Wir quälten uns sehr weil die dünnen hölzernen Räder immer wieder im Ackerboden stecken blieben. Wenn wir endlich mit dem gefüllten Wagen wieder vor dem Haus standen waren wir total erschöpft. Aber Pause machen gab es nicht.

Die Arbeit war noch nicht getan. Nach einer

kurzen Erholungspause ging es in der Waschküche erst richtig weiter. Jede Rübe musste nun einzeln gereinigt werden. Mit einer Bürste und viel Wasser entfernten wir Lehm und Schmutz. Ja und dann schälten wir sie wie einen Apfel. Jetzt mussten sie noch gehackt und zerkleinert werden bis kleine Schnipsel entstanden.

Zwischendurch hatte ich den Waschkessel mit Wasser gefüllt und unter ihm ein Feuer entfacht. Große Mengen an Holz lagen parat, ausreichend für viele Stunden. Es dauerte nicht lange und das Wasser fing schon zu dampfen an. Nun war es höchste Zeit die Rübenschnitzel einzufüllen. Jetzt musste äußerst vorsichtig geheizt werden, das Wasser durfte nämlich nicht zu heiß sein, es durfte nicht kochen. Um das Anbrennen zu verhindern rührte ich nun ständig die breiige Rübenmasse mit einem Holzknüppel um. Immer wieder musste der sich schnell bildenden Schaum auch sofort abgeschöpft werden. Mehrere Stunden dauerte dieser Vorgang ehe das heiße Wasser den Zucker aus den Rüben gelöst hat.

Zum Abschluss verblieben nur noch die Festteile im Kessel. Sie dienten später als Mastfutter für unser Schwein.

Jetzt im Herbst war nicht nur Zuckerrübenzeit, auch die Kartoffeln mussten geerntet werden. Natürlich waren wir wieder auf dem Acker. Dabei verhielten wir uns wie bei der Rübenernte. Sobald der Bauer seine Ernte beendet und das Feld verlassen hatte kam unsere große Zeit. Ich kann mich gut erinnern mit welcher riesigen Begeisterung und Ausdauer du dabei im Zick-Zack über den Acker gelaufen bist. Du suchtest wie besessen nach Kartoffeln. Jedes mal wenn du fündig geworden warst hieltest du deinen Arm hoch und riefst laut: „Ich habe schon wieder eine gefunden". Was warst du nur aufgeregt. Anschließend steigerte sich deine Begeisterung nochmals, dann wenn ich nach Beendigung unserer Suche das Kartoffelfeuer anzündete. Du konntest es kaum erwarten einige Kartoffeln in das Feuer zu legen. Unruhig liefst du hin und her. Wann sind sie endlich essbar fragtest du mehrmals. Du warst total begeistert.

In den kleinen mitgebrachten Jutesäcken verstauten wir schließlich unsere Fundsachen. Sie gehörten mit zum Überlebensvorrat für den kommenden Winter.

„Ich kann mich noch gut erinnern als ich zum ersten mal auf dem Weg zum Bäcker war und durch das Dorf ging. Was staunte ich über die schönen Gehöfte der Bauern. Groß waren sie und alle sahen sehr gepflegt aus, ganz anders als die Häuser zu Hause, in Lengefeld. Sie gaben offensichtlich Zeugnis vom Wohlstand der hiesigen Bauern ab. Wirtschaftlich ging es den Landwirten wohl gut, trotzdem klagten sie sobald man mit ihnen sprach. Es mangelte ihnen nämlich an männlichen Arbeitskräften, an landwirtschaftlichen Helfern.

Viele junge Männer hatten im Krieg ihr Leben verloren oder waren noch in Kriegsgefangenschaft. Auch das Handwerk im Dorf hatte deshalb Probleme, wie ich immer wieder hörte. Die Handwerksmeister suchten auch nach Hilfskräften.

Für so ein kleines Dorf gab es in Brunsen nämlich recht viele Handwerker. Neben einem Schmied, der sich damals noch sehr viel um die Hufe der Pferde und um die Eisenreifen der Ackerwagen zu kümmern hatte, gab es auch einen Stellmacher, einen Schumacher, einen Schneider, einen Friseur und einen Bäcker.

Brot und Butterkuchen konnte jeder beim Bäcker selbst backen. Den Teig setzten die Frauen einfach einen Tag zuvor zu Haus an.

Natürlich musste ich ab und wann auch zum Bäcker gehen. Ansonsten lebten wir nur von unserem Gemüse aus dem Garten. Und im Herbst kochte ich für die Wintermonate Obst und Gemüse in Gläser ein. Eine Veranlassung zum Krämer ins Dorf zu gehen hatten ich dadurch natürlich nur selten.

8. Ich kann Gertrude nicht vergessen

Und jedes Jahr hatten wir im Stall neben einem Schwein und einer Ziege groß. Außerdem hatten wir, für dich zur Freude, einen voll besetzten Stall mit Hauskaninchen. Die Tiere machten uns über das ganze Jahr sehr viel Freude. Tragisch wurde es dann aber immer im Winter. Ich habe mich bei diesen Aktionen meisten verkrochen.

Ganz besonders in Erinnerung ist mir Gertrude geblieben. Sie war so lieb und mir richtig ans Herz gewachsen. Sie hatte keine Scheu vor uns Menschen, freute sich lautstark grunzend über jeden Besuch. Sie gehörte einfach zur Familie. Wenn ich Gertrude rief kam sie immer gleich angelaufen. Gertrude war wirklich etwas ganz Besonderes.
Gern lies sie sich streicheln. Sie hielt dabei ganz still und grunzte genüsslich.

„Immer Anfang Dezember war aber Schlachttag hier im Dorf. Mir grauste bei dem Gedanken. Aber ich wusste natürlich dass es sein musste. Ganz besonders schwer viel es mir in diesem Jahr. Wegen Gertrude. Wenn das Wort schlachten fiel musste ich sofort an Gertrude denken. Sie tat mir wirklich furchtbar leid“.

Hausschlachtung war über Jahrhunderte hinweg, und besonders gleich nach dem Krieg, ein wichtiger winterlicher Höhepunkt. Es war Standard in der ländlichen Umgebung und eine Notwendigkeit. Die Fleischversorgung für die Landbevölkerung wurde einzig und allein durch selbst aufgezogene Schweine, Rinder, Schafe, Kaninchen und Geflügel gewährleistet. Im Vergleich zu heute hatte die Hausschlachtung deshalb früher einen sehr hohen Stellenwert. Dieser Tag war immer ein Ereignis an dem natürlich auch Nachbarn und Verwandte teil hatten. Sie wurden zu diesem „Schlachtfest" eingeladen. Für alle direkt an diesem Ereignis Beteiligten war das Schlachten, eine unangenehme Arbeit. Weil ich mich so sehr davor grauste war ich nur für die Vorbereitungen in der Frühe zuständig. Das meiste spielte sich dabei im Freien ab. So ein Schlachttag beginnt ja schon recht früh am Morgen und deshalb war es wichtig die umfangreichen Vorbereitungen rechtzeitig zu treffen. Durch den Umgang mit viel Wasser bekommt man manchmal schnell nasskalte Füße und auch Kleidung. Mancher unangenehme Schnupfen nahm da seinen Anfang.

Auch Hermann, der Hausschlachter aus dem Dorf, hatte sicherlich schon am Tag zuvor sein Werkzeug überprüft und alles in seine alte lederne Aktentasche verpackt. Den 10 cm langen eisernen Dorn der an einem Holzstiel befestigt war und auch den großen Holzvorschlaghammer hatte er bestimmt schon zusammen mit der Axt am Rahmen seines Rades mit einigen Lederriemen befestigt. Auch die Wurstmaschine war wohl schon mit dicken Schnüren auf dem Gepäckträger befestigt.

Wir warteten schon auf Hermann. Sicherlich hat er sich schon im Morgengrauen auf den Weg zur Honigsburg gemacht und wird gleich hier sein. Für mich war diese Wartezeit ganz furchtbar,

„Du kannst mir glauben, dass die Tage vor diesem Termin wirklich sehr bedrückend für mich waren. Besonders die letzte Nacht war sehr unruhig, ich konnte kaum noch schlafen. Ich dachte immer wieder an Gertrude".

Doch der Termin war schon lange fest abgemacht, alles war auf das Schlachten ausgerichtet und alle Vorkehrungen getroffen. Es gab kein zurück mehr.

Zu meinen Aufgaben gehörte es schon früh für heißes Wasser zu sorgen. Schon vor dem Frühstück habe ich deshalb den großen Waschkessel in der Waschküche, mit 80 Litern Wasser gefüllt, ein Feuer unter ihm angezündet und so dafür gesorgt, dass pünktlich zum Schlachtbeginn kochendes Wasser vorhanden war.

Alles war nach den Wünschen des Hausschlachters vorbereitet. Das heiße Wasser dampfte schon eine ganze Weile im großen Waschkessel als er bei uns eintraf. Auch der große hölzerne Brühtrog stand schon auf dem Hof vor dem Haus bereit. Das heiße Wasser wird ja benötigt um das Schwein im Trog abzubrühen. Das Dramatische spielte sich alles im Freien ab.

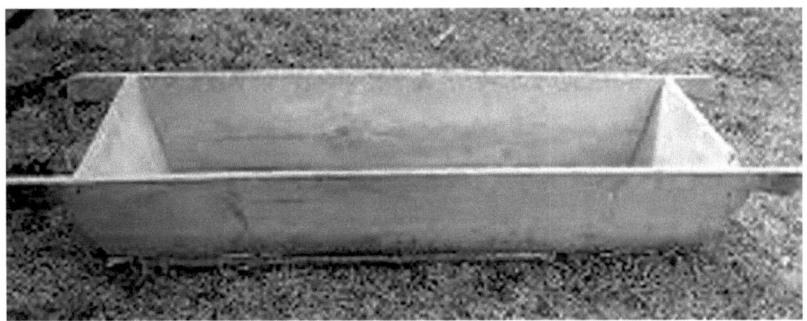

In diesem Moment gab Hermann ein Handzeichen, er hatte alles vorbereitet, er war soweit.

„Du standest noch mitten auf dem Hof, schautest immer in die Runde und hast alles mit Interesse genau beobachtet. Es war natürlich eine aufregende Situation für dich, du wolltest alles ansehen. Bis zu diesem Moment war es auch in Ordnung, dann aber musstet du ins Haus gehen, ich wollte nicht, dass du das Schlachten miterleben solltest. Ich fand, dass das noch nichts für dich war".

Jeder Erwachsene hatte an diesem Tag eine ganz spezielle Tätigkeit. Zu Eberhards Aufgabe gehörte es Gertrude aus dem Stall zu holen. Ruhig und langsam ging er also in den Schweinestall und sprach sofort einfühlsam mit dem Tier. Gertrude aber ahnte wohl etwas denn sie stieß jetzt schon schrille Laute aus. Ich glaube, dass sie schon ihr Schicksal erkannte. Eberhard versuchte sie mit einfühlsamen Worten zu beruhigen. Aber das war nicht möglich. Gertrude lief unruhig im Stall von einer Ecke zur anderen.

Gern hatte Eberhard diese Aufgabe auch nicht übernommen. Ihm war es sehr unangenehm aber er zwang sich zur Ruhe, für sentimentale Gedanken ist es nun zu spät und einer musste es doch tun.

Der Schlachter wartete bereits und rief Eberhard zu: Du wenn du das Schwein aus dem Stall holst muss es schnell gehen. Es darf sich nicht zu sehr aufregen, sonst leidet die Fleischqualität sehr darunter.

Michel und ich hatten eine Spezialaufgabe. Wir standen schon, jeder einen Strick in der Hand, links und rechts wartend an der Stalltür bereit. Überfallartig, blitzschnell und auf Kommando banden wir Seile um die Hinter- und Vorderbeine des Borstentiers als dieses aus der Tür trat. Kraftvoll und fest mussten wir das sich jetzt vehement wehrende und ohrenbetäubend laut schreiende Schwein jetzt über den Hof ziehen. Ein großer Kraftaufwand war nötig. Das sich aus Todesangst wild wehrende Schwein war schwer zu bändigen. Dann aber ging alles blitzartig schnell. Michel hielt den Eisendorn dem Tier an die Stirn und der Schlachter holte mit dem großen Holzhammer gewaltig aus. Ein kräftiger Schlag auf den Dorn und Gertrude brach sofort zusammen. Ich drehte mich zur Seite, ich konnte das kommende nicht mit ansehen, denn ich wusste, dass jetzt das Abstechen kam. Nein, jetzt konnte ich nicht mehr hinsehen. Doch es ging alles recht schnell, plötzlich herrschte Stille. Das im Wassereimer aufgefangene Blut musste, damit es nicht klumpt, pausenlos mit den Händen gerührt werden. Diese Aufgabe konnte ich aber nicht übernehmen, ich brachte das nicht übers Herz. Nach kurzer Absprache, machte es zum Glück die Tante.

Mit vereinten Kräften und unter lautem Stöhnen hoben wir nun das tote Schwein in den Brühtrog. Sofort musste es nun mit kochendem Wasser übergossen werden. Mit speziellen Schabern und dem extra geschärften Schlachtermesser rasiert Hermann fein säuberlich die Borsten vom Schweinekörper.
Als das Tier schließlich, an der Wand hängend, zerlegt war spielte sich alles weitere nun in der Waschküche ab. Dort wurde das Wellfleisch im Kessel gekocht und die Wurstmaschine kam zum Einsatz. Zum anschließenden Schlacht-festessen am Nachmittag saßen alle Helfer gemeinsam auf den Holzbänken an dem aus dicken Fichtenbrettern grob gezimmerten Tisch.
Das war nun der Moment an dem du auch wieder dabei sein durftest.
Der halbierte Schweinekopf und die Innereien wie Herz und Leber sowie das Wellfleisch dampften auf der kleinen hergerichteten Tafel. Ein selbst gebranntes, hochprozentiges Getränk für die Männer, welches ganz wichtig ist zum Verdünnen des Fettes, stand natürlich schon bereit.

Die in Todesangst ausgestoßenen, gellenden Schreie von Gertrude habe ich noch Jahrzehnte später im Ohr gehabt. Ich konnte sie einfach

nicht vergessen, es grauste mir immer wieder.
Für Sentimentalität war aber damals keine Zeit.
Ich wusste das, trotzdem war es furchtbar für
mich. Immer musste ich an Gertrude denken.
Aber das Tier gab uns ja das Fleisch zum
Überleben und auch als Tauschobjekt für den
Schwarzhandel.
„Diese schwere Zeit für die Bevölkerung, gleich
nach dem zweiten Weltkrieg, war die Zeit der
Lebensmittelmarken. Alles war nur begrenzt zu
kaufen alle Artikel waren zugeteilt. Alles war
abgezählt. Viele Menschen hungerten deshalb
in den Städten". Lebensmittelmarken wurden
in Notzeiten des Krieges an die Bevölkerung
ausgegeben, um den allgemein entstandenen
Mangel besser verwalten zu können, Übersicht
zu haben.

„Hungern mussten wir auf dem Lande zum
Glück nicht. Wir versorgten uns doch selbst.
Dafür mangelte es uns aber an den einfachsten
Haushaltsartikeln. Uns fehlten einfach Töpfe
oder Pfannen. Selbst Löffel und Gabeln waren

nur wenige vorhanden. Aber unser größtes Problem war die Kleidung. Sie war beinahe ein Luxusartikel, unerschwinglich und nirgendwo hier auf dem Dorf zu erhalten. Doch Not macht auch erfinderisch. Für dich habe ich, gleich am Anfang unserer Zeit in Brunsen, aus alten Kartoffelsäcken und weggeworfenen Militäruniformen Kleidung geschneidert. Und an den Abenden strickte ich Socken für uns. Wir hatten keine andere Wahl, wir mussten uns selbst helfen. Zum Glück hatte ich so viel handwerkliche Fähigkeiten dass ich aus den gebrauchten Stoffen Kleidung für uns nähen konnte.

„Du kannst dir bestimmt vorstellen, dass wir mit unserer Kleidung natürlich vorsichtig umgehen mussten und sie liebevoll schonten. Natürlich fielen wir mit unserer Kleidung sofort auf wenn wir im Dorf waren. Schon von weitem wurden wir als „Flüchtlinge" erkannt. Es kam mir manchmal durchaus vor, dass wir abwertend angesehen wurden."

Strümpfe und Strumpfhosen wurden damals noch, wenn sie kaputt waren, gestopft. Ich glaube, so kam es mir vor, dass du damals täglich gewachsen bist. Immer waren deine Hosen zu kurz. Um neue Hosen für dich zu kaufen hatten wir aber kein Geld. Aus lauter Verzweiflung habe ich die Hosenbeine mit Borten einfach verlängert. Und wenn die Kleidung wirklich nicht mehr brauchbar war warf ich sie nicht in den Müll, sie war doch immer noch sehr wertvoll zum Flicken oder als Putzlappen. Alle verwertbaren Gegenstände wie

Knöpfe oder Reißverschlüsse trennte ich vorher vorsichtig ab und hob sie auf. Ich wusste doch dass ich sie Irgendwann bestimmt gebrauchen würde.

Und weil ja Artikel des täglichen Bedarfs damals nur gegen Lebensmittelmarken und in geringen Mengen in den Geschäften erhältlich waren, entwickelte sich schnell ein blühender, illegaler Schwarzmarkt. Auf ihm war beinahe alles erhältlich. Im Gegensatz zu der Landbevölkerung hungerten nämlich die Städter.

Auch wir nutzten natürlich diese Möglichkeit unseren Hausstand zu vervollständigen. Als Tauschobjekte boten wir unsere eingemachten Lebensmittel aus dem Garten, und unsere Hausschlachtartikel wie Hausmacherwurst und Schinken an".

„Weißt du, es war wirklich eine schwere und schlimme Zeit. Wir hatten doch nichts. Alles musste neu angeschafft werden, vom Löffel bis zum Kochtopf. Aus Schlesien konnten wir doch solche Dinge während der Flucht nicht mitnehmen".

Der Überlebenskampf war hart. Jeder war bemüht seine dringendsten Bedürfnisse durch ein Tauschgeschäft zu befriedigen. Die Städter drängten aufs Land und die Landbevölkerung in die Städte. Es wurde nach dem Motto gehandelt: „Speck und Kartoffeln gegen einen Kochtopf oder einen Fleischwolf".

Also gingen wir diesen Weg auch. Aber wir mussten sehr vorsichtig sein, denn die Tauschgeschäfte auf dem Schwarzmarkt waren offiziell streng verboten.

„Wir waren 1948 wieder unterwegs. Diesmal fuhren wir nach Wuppertal-Elberfeld, und unser Rucksack war vollgepackt mit Lebensmitteln aus eigener Produktion. Gemüse aus dem Garten und unsere Hausmacherwurstwaren. Wir hatten doch die Bahnfahrt inzwischen frei, weil Eberhard doch in Kreiensen bei der Bahn arbeitete".

„Ich werde diese Fahrt nie mehr vergessen. Ich erinnere mich noch gut an sie. Sie begann doch so gemütlich und voller Erwartung und schlug dann ohne Vorwarnung ganz plötzlich dramatisch wurde".

„Ich weiß gar nicht ob du dich noch an diese Fahrt und das aufregende Ereignis in Elberfeld erinnern kannst. Mir graust heute noch und ich mag nicht mehr daran denken. Es war eine furchtbare Situation, die ich mir heute immer noch nicht erklären kann".

Du warst doch damals gerade erst 7 Jahre alt als wir in Elberfeld aus dem Zug stiegen und den Weg zu unserer Tauschadresse suchten. Fremd in dieser großen Stadt schauten wir hilflos immer wieder nach links und rechts. Wir liefen, auf der Suche nach den Straßennamensschildern, deshalb auch nicht sehr schnell. Wir fühlten uns in diesem Moment in der fremden Stadt recht hilflos. Dadurch dachten wir überhaupt nicht an dich. Aber wir wussten doch, dass du immer hinter uns herliefst. Natürlich habe ich mich zwischendurch immer wieder mal nach dir umgesehen. Doch plötzlich warst du weg, nirgends mehr warst du mehr zu sehen und zu hören. „Du kannst dir bestimmt vorstellen was das für ein fürchterlicher Schock für mich war. Wirklich, du warst wie vom Erdboden verschwunden, nirgends zu sehen, einfach nicht mehr da".

„Wir müssen wohl schon eine weite Strecke gelaufen sein als wir das bemerkten dass du nicht mehr hinter uns warst. Panisch liefen wir die Straße zum Bahnhof zurück, wir suchten dich und riefen immer wieder deinen Namen, aber alles ohne Erfolg, du warst einfach wie vom Erdboden verschluckt".

„Wir müssen sofort zur Polizei gehen und eine Vermisstenanzeige aufgeben, sagte ich zu Eberhard".

Rein zufällig ergab es sich, dass wir in diesem Moment vor einer Polizeistation standen. Mein Herz schlug mir bis um Hals. Ängstlich klopfte ich an der Tür zur Wachstube. Ich zitterte am ganzen Körper als ich sie betrat. Total verunsichert schaute ich auf den Uniformierten am Schreibtisch. Guten Tag, was kann ich für sie tun, fragte der freundliche Beamte als ich vor ihm stand.

Natürlich wollte ich es sofort erzählen, bekam aber kaum ein Wort heraus. „Entschuldigen sie, stotterte ich, ich bin so voller großer Sorge und so aufgeregt, ich hoffe sehr, dass sie mir helfen können. Wissen sie, wir sind nämlich fremd hier in der Stadt und nur für einen Tag hier. Mit uns gereist ist mein Sohn und ihn habe ich gerade hier verloren, er ist einfach weg, ganz plötzlich verschwunden, ich weiß nicht wo er geblieben ist". „Immer schneller erzählte ich dem Polizisten von unserem Laufweg in Wuppertal".

Ganz ruhig schaute der Beamte mich an. Nun beruhigen sie sich doch erst ein mal, sagte er freundlich zu mir. So sie vermissen also ihren Jungen. Wie alt ist er denn und wie heißt der junge Mann. „Er ist sieben Jahre alt und heißt Wolfgang". Seine Mimik verriet nichts. Wissen sie was, sagte er nach einem Moment freundlich zu mir, kommen sie doch einfach mal ins Nebenzimmer mit, aber leise bitte, denn dort ist mein Kollege sehr beschäftigt. Er spielt gerade mit einem kleinen Jungen "Mensch ärgere dich nicht".

„Du kannst mir glauben dass ich dich in diesem Moment, als ich ins Zimmer trat, kaum sehen konnte. Die Tränen verschleierten mir die Augen".

Später, bei der Heimfahrt im Zug, haben wir über diese Situation gesprochen. Wie konnte das passieren, wieso bist du uns verloren gegangen. Ohne besondere Aufregung hast du uns die ganze Geschichte erzählt.

„Eigentlich bin ich ja immer hinter euch hergelaufen, ohne dabei nach rechts oder links zu schauen. Nur einmal habe ich aus den Augenwinkeln heraus in das Schaufenster eines Geschäftes geschaut und zufällig die vielen bunten Spielzeugautos gesehen. Das sah alles so schön aus und war doch auch so neu für mich, total aufregend. Da bin ich einfach stehen geblieben. Ich wollte mir das unbedingt genau ansehen und wollte in Gedanken damit spielen".

An euch habe ich in diesem Moment überhaupt nicht gedacht, ich sah nur die tollen Spielsachen. Ich glaube, dass ich dort lange gestanden habe, denn als ich mich irgendwann nach euch umsah, wart ihr weg. Jetzt erfasste mich fürchterliche Angst. Verzweifelt habe ich euch gesucht und immer wieder laut gerufen. Mochte aber nicht den Platz verlassen. Schließlich habe ich dann auch ganz laut zu weinen begonnen. Anfangs habe ich die freundliche ältere Frau, die wohl zufällig hier vorbei gekommen ist nicht gesehen. Sie war stehen geblieben und fragte mich sehr einfühlsam weshalb ich denn so weinen würde. Was ist denn los mit dir Junge. Warum weinst du denn so, nun beruhige dich doch erst einmal. Vielleicht kann ich dir helfen. Ohne mir Gedanken zu machen erzählte ich ihr in meiner Panik, dass ich euch verloren habe und dass ich solche Angst hätte. Nun weine man nicht mehr, sagte sie lächelnd, ich werde dir helfen. Sie nahm mich bei der Hand, fragte mich nach meinem Namen und ging mit mir einige wenige Häuser weiter. Weißt du, sagte sie zu mir, hier gibt es eine Polizeistation, dort gehen wir jetzt hin. Die Polizisten dort sind ganz freundlich, sie werden sich bestimmt um dich kümmern. Ja, sie hatte wirklich Recht gehabt. Aber dann ward ihr ja plötzlich wieder da.

Erst nach der Währungsreform 1948, als die staatliche Reglementierung abgeschafft und dadurch Marktpreisbindung wieder möglich war füllten sich plötzlich die Läden wieder und der verbotene Schwarzhandel vorbei.

Dorfstraße in Brunsen, original Ölgemälde von Wolfgang Marschall

Eigentlich mochte ich Brunsen. Für mich war es ein schönes Dorf in dem man gut leben konnte. Auch optisch war es ansprechend. Eine 800 Jahre alte, gotische evangelische Kirche zierte den Ort und war schon von Weitem als markanter Punkt zu sehen.
Auch verschiedene Unternehmen waren im Ort, wie eine große Molkerei und zwei Käsereien, die den berühmten „Harzer Roller" herstellten.
Es gab sogar eine Kohlenhandlung. Natürlich war auch eine Gaststätte vorhanden. Es war der Gasthof Eggers, der damals, nach dem Tod

ihres Ehemannes Willi, Helene Eggers gehörte.
„Weißt du, diese Helene hat dann im November
1949   meinen Bruder Paul geheiratet". Paul
hatte uns, als er aus der Kriegsgefangenschaft
kam, über das Rote Kreuz suchen lassen.
Plötzlich stand er, ohne Anmeldung vor uns.
Riesig war unsere Freude.

Eine Hochzeitsgesellschaft vor dem Gasthof Eggers

Im großen Saal der Gaststätte hielt der Turnverein auch seine Sportstunden ab und der
Gesangverein traf sich dort einmal in der
Woche um zu üben.
Natürlich gehörte auch eine freiwillige Feuerwehr zum Ort. Durch den großen Schlauchturm war sie in der Ortsmitte gut zu erkennen.
„Weißt du, eigentlich ging es uns in Brunsen ja
nicht schlecht, nur Anerkennung fanden wir so
kurz nach dem Krieg im Dorf nicht. Wir waren
halt die Fremden, die Flüchtlinge. Es herrschte

ein fremdenfeindliches Klima. Obwohl wir uns bemühten und versuchten Kontakt zu den Einheimischen herzustellen blieb immer eine Distanz bestehen. Manchmal kam es mir vor als würden wir Flüchtlinge immer misstrauisch beäugt. Eberhard bemühte sich und wurde Mitglied im Turnverein und turnte einmal die Woche bei Eggers. Sein ganzer Stolz war, dass er die Riesenwelle am Reck schaffte.

„Im April 1948 war dann dein erster Schultag. 22 Schüler hatte die Lehrerin Frau Tessmer zu betreuen.

Der zweite von links in der mittleren Reihe das bist du, Wolfgang. Jetzt begann für dich der Ernst des Lebens. Zwei Klassenräume standen für die gesamten Schüler aus Brunsen in der kleinen Dorfschule und dazu gehörten auch noch einige Schüler aus den Nachbardörfern, zur Verfügung. Ein Raum war für die 1. bis 4. und einer für die 5. bis zur 8. Klasse. Zwei

Lehrer bemühten sich den Kindern Lesen und Schreiben beizubringen".

Schule in Brunsen 1948. Rechts war der Schulhof

„Eigentlich gingst du ja gern zur Schule. Nur der weite Schulweg nervte dich immer. Oft hast du es mir damals erzählt. Na ja, es waren ja schließlich auch drei Kilometer morgens hin und drei Kilometer mittags zurück allein zu laufen, und das jeden Tag und bei jedem Wetter, auch samstags". Fahrräder gab es doch damals noch nicht. Angenehm war für dich, hast du mir mal erzählt, wenn du Marie, die im Zeughaus wohnte, getroffen hast und mit ihr gemeinsam zur Schule gehen konntest.
Doch auch nach Schulschluss war es meistens nicht so schön für dich. „ Immer bin ich nach der Schule so allein. Oft hast du mir dein Leid geklagt. Toll wäre gewesen wenn am Nachmittag mal Schulfreunde zum gemeinsamen Spie-

len zur Honigsburg kommen wären. Aber es kam keiner, du warst halt immer allein hier draußen. Vielleicht scheuten sie den langen Weg, mochten nicht so weit laufen. Aber vielleicht lag es auch daran, dass du ein Flüchtlingskind warst, denn mit Flüchtlingskinder spielte man nicht. Du hast mir mal erzählt dass man dich manchmal auf dem Schulhof auch „Flüchtling" gerufen hat".

„Deshalb hast du dir, weil du doch immer so allein warst, halt andere Freunde gesucht, gefiederte. Spatzen waren es.

Sie wurden schnell deine Vertrauten und halfen dir die Nachmittagsstunden zu verkürzen. Ich habe dich oft beobachtet und gestaunt. Denn wenn du von der Schule nach Hause kamst waren sie sofort da. Sobald sie dich sahen waren sie in deiner Nähe. Es schien manchmal als warteten sie schon auf dich".

„Und manchmal, wenn du wieder an der große Langeweile littest, bist du, obwohl ich es dir verboten hatte, auf den direkt hinter dem

Wohnhaus stehenden uralten Weißdornbaum geklettert. Besonders im Frühling sah er so schön aus, dann wenn er sich mit wunderschönen weißen Blüten schmückte. Manchmal hast du auch Maikäfer auf den Blüten gefunden.

Und deine Freunde, die Spatzen, waren immer sofort da. Ich glaube sie haben schon auf dich gewartet. Laut schilpend hüpften sie aufgeregt von Ast zu Ast. Sie hatten keine Angst vor dir. Sie kannten dich doch. Sie wussten ganz bestimmt dass du ihr Freund warst. Oft hörte ich dich sogar leise mit ihnen sprechen. Obwohl ich mich manchmal sehr bemüht habe zu verstehen was du ihnen so alles erzählt hast, habe ich leider nichts verstanden. Täglich habe ich dich genau beobachtet aber lieber nichts gesagt.

„An eine lustige Geschichte aus dieser Zeit denke ich immer ganz besonders gern zurück. Ich weiß gar nicht ob du dich noch daran erinnerst. Schließlich warst du ja erst 8 Jahre alt. Doch sie ist so köstlich". „Deshalb werde ich sie dir jetzt erzählen".

9. Es waren doch deine Freunde

„Also das ist damals so gewesen. Ich sah dir deine riesengroße Begeisterung sofort an als du aus der Schule kamst und ich wunderte mich ein wenig über dich. Auf meine Frage, wieso du denn so gut gelaunt seist und ob es vielleicht in der Schule so toll gewesen ist, hast du gar nicht reagiert. Aber sofort begannst du darüber zu reden was dich permanent so beschäftigte. Dein Redeschwall war kaum zu bremsen. Und mit riesiger Begeisterung erzähltest du, dass du nun bald viel Geld verdienen und bald reich sein würdest". Ungläubig habe ich dich danach gefragt wie du das denn anstellen wolltest. Mit großer Überzeugung, beinahe überschäumend, erklärtest du: „Ich werde Spatzen fangen".
Aufgeregt erzähltest du, dass Frau Tessmer, deine Klassenlehrerin, in der letzten Schulstunde von der großen Spatzenplage die in diesem Jahr herrscht, erzählt hat und das die Gemeinde deshalb einen Anschlag an das

Feuerwehrhaus geheftet habe auf dem zu lesen ist, dass jeder der im Gemeindebüro einen Sperling abgibt eine finanzielle Belohnung erhält"

„Ich kann mich noch genau erinnern. Es war ein Donnerstag und es war dein letzter Schultag vor den Sommerferien 1949.

„Die Geschichte von der großen Spatzenplage hatte ich ja schon vor ein paar Tagen im Dorf gehört. Auch das die Gemeinde ein Kopfgeld ausgesetzt hat und auch den Plakatanschlag am Feuerwehrhaus hatte ich schon gelesen".

Gebäude der freiwilligen Feuerwehr Brunsen, 1949

Die großen Klagen der Bauern, dass die graubraunen Finkenvögel in solchen Maßen vertreten seien, dass sie durch ihren riesigen Hunger die Ernte gefährdeten, veranlasste offensichtlich die Behörde gegen die Spatzen massiv vorzugehen. Sie wurden einfach zu

Schädlingen für die Landwirtschaft erklärt. Für jeden toten Sperling, es zählte auch nur der Kopf, zahlte also die Gemeinde fortan eine Prämie von 10 Pfennig.

„Nun verlief ja dein täglicher Heimweg direkt am Schlauchturm der Freiwilligen Feuerwehr vorbei. Schon aus der Ferne, so hast du es mir erzählt, erkanntest du das große Plakat an dem Feuerwehrschlauchturm.
Alles genau richtig lesen konntest du es damals allerdings noch nicht.
Vermutlich hast du wohl nur die riesengroßen Worte entziffert: „10 Pfennig Kopfgeld auf jeden Haussperling", und den Zusatz: „Abzugeben im Gemeindebüro". Aber am meisten hat dich wohl das zweite Plakat, das einer super einfach arbeitenden Sperlingsfalle fasziniert.

Die Sperlingsplage

nimmt immer größeren Umfang an. Die Landwirte klagen über Verluste, die beachtliche Teile der Getreideernte treffen. Die Regierungen der Länder Bayern, Hessen und Niedersachsen (1949) empfahlen die Anschaffung von Sperlingsfallen, um die Überzahl der Sperlinge durch gemeinsames Vorgehen zu vermindern. Wir liefern alle bekannten Ausführungen und empfehlen besonders folgende Modelle, die ohne Beaufsichtigung arbeiten:
Sperlingsmassenfänger, 8,80 DM.
Sperlingsmassenfänger, kombiniert mit Rattenfalle 9,70 DM.

Das machte dich kleinen Jungen natürlich sofort neugierig und gleichzeitig weckte es wohl deinen Jagdinstinkt. Du wolltest unbedingt an dem Geldsegen teilhaben und schwelgtest schon im kleinen Reichtum. An das eventuelle Schicksal deiner schilpenden Freunde hattest du aber überhaupt nicht gedacht.

Hell begeistert erzähltest du mir dein Vorhaben und auch von dem Plakat auf dem eine so tolle Falle angeboten wurde mit der man gleich viele Spatzen auf einen Schlag fangen kann. Nur die kostete 8.80 DM und das war für dich unerschwinglich.

Aber, sagtest du voller Begeisterung zu mir, vielleicht kann ich so eine ähnliche tolle Falle ja selbst bauen. „Ich weiß doch sonst überhaupt nicht wie ich die pfiffigen Vögel ergreifen kann. Ja, ich müsste eine Falle haben mit der ich gleich auf einen Schlag eine große Anzahl fangen kann". Leichte Resignation hörte ich schon aus deiner Stimme heraus. „So eine Falle müsste ich wirklich haben, Mutti".

Natürlich wusstest du nicht wie man eine solch hoch komplizierte Technik konstruieren und bauen kann.

Gerade als du dir noch so den Kopf zerbrachst, klopfte es an der Zimmertür und unser netter Nachbar Michael Zarna, den alle im Dorf nur Michel nannten und der aus Ostpreußen stammte, trat ins Zimmer. Er bewohnte die kleine Mansardenwohnung unterm Dach links über uns. Er war dein bester Freund, dein Kumpel und obwohl er ja noch nicht so alt war, wie ein Großvater zu dir. An den Sorgenfalten, die quer über deiner Stirn zu sehen waren, erkannte er sofort, dass du wohl gerade große geistige Probleme zu bewältigen hast.

„Was ist denn los, mein Junge, es sieht ja aus als hättest du große Sorgen, kann ich dir eventuell helfen," fragte er dich jetzt schon schmunzelnd. In Ruhe hörte er sich deine geniale Jagdidee an. Du planst ja gewaltige Dinge, Wolfgang. Doch gerade fällt mir da etwas ganz Tolles ein. Vielleicht kann ich dir helfen. Sogleich erklärte Michel dir die genaue Bauanleitung für eine sicher arbeitende Vogelfangeinrichtung.

„Also mein Junge, sagte er geheimnisvoll, einen Karton musst du nehmen, dann eine lange Schnur an einen kleinen Stock binden und diesen vorn unter den Karton stellen, jetzt brauchst du nur noch ein wenig Weizen unter den Karton streuen, dich verstecken und geduldig warten bis genügend Spatzen unter dem Karton sitzen. Dann ziehst du schnell an der Schnur, der Stock fällt um und der Karton herunter. Schon sitzen die Vögel in der Falle".

Ich weiß noch wie heute wie begeistert du

warst. In überschäumender Ungeduld konntest du den Baubeginn kaum abwarten. Im Geiste sahst du wohl schon eine riesige Anzahl flatternder Spatzen in deiner Falle sitzen, und dann auch noch das viele Geld, die Vorfreude war für dich überwältigend.

Kurze Zeit später standen wir alle auf dem Hof und schauten dir schmunzelnd beim Bau der Falle zu.

Michel hatte dir einen Persilkarton und eine Schnur geschenkt. Ungeduldig begannst du sofort mit dem Bau der Falle. Eigentlich ging jetzt alles recht schnell.

Anfangs noch aus einiger Entfernung, vorsichtig sichernd, schauten die grauen Vögel misstrauisch deine geniale Apparatur an. Laut schilpend berieten sie sich offensichtlich, so sah es jedenfalls für mich aus. Aber vielleicht schimpften sie auch nur über dich wegen deiner hinterlistigen, mörderischen Gedanken. Sie machten jedenfalls einen ungeheuren Lärm. Doch neugierig wie deine Freunde die Spatzen nun mal so sind schwebten tatsächlich nach kurzer Zeit die ersten heran und landeten kurz vor der Falle.

„Jetzt musst du Geduld haben und Ruhe bewahren", flüsterte Michel dir zu.

Sie hatten keine Angst. Bestimmt vertrauten sie dir, sie kannten dich doch, du warst doch ihr Freund. Pausenlos tippelten sie hin und her und schwatzten.

Ich weiß noch wie aufgeregt du warst. Nur noch

20 cm, dann waren die ersten unter dem Karton.

„Ich weiß gar nicht mehr ob dich in diesem Moment der Mut verlassen hat". „Aber vielleicht warst du dir auch einfach nicht sicher, ob es schon der richtige Moment war die tödliche Falle schon auszulösen".

„Aber, ich konnte es deutlich sehen, du hattest keine Geduld mehr, du konntest nun nicht mehr länger warten. Vorsichtig und ganz langsam zogst du an der Schnur. Sie spannte sich, dann ein starker Ruck und der Stock sauste unter dem Karton hervor und der Karton fiel blitzschnell herunter". Perfekt, die Falle klappte zu. Es gab kein Entkommen mehr für die grauen Finkenvögel.

„Deine Freunde, die Spatzen, konnten der genialen Vogelfangeinrichtung nicht mehr entfliehen. Im Geiste hörtest du wohl schon die 10 Pfennig-Stücke in deiner Hand klimpern".

Immer wieder habe ich dich verstohlen von der Seite angesehen, habe dich beobachtet und im Stillen geschmunzelt. Hilflos schautest du auf die geniale Falle, aber du wusstest dir offensichtlich keinen Rat.   Du warst total verunsichert als du plötzlich den Michel fragtest. „Soll ich nun den Karton schon hochheben"? Doch du bekamst keine Antwort, Michel war nämlich gar nicht mehr da. Heimlich still und leise war er, und für dich unbemerkt, schmunzelnd bereits gegangen. Jetzt warst du allein und musstest die unheimlich schwere Aufgabe ohne Michel lösen. Man sah dir natürlich deine Hilflosigkeit an, ja du wusstest wirklich nicht wie du die Vögel, ohne dass sie beim Lüften des Kartons weg fliegen, ergreifen solltest. Diese schwierige Frage war für dich kleinen Jungen damals nicht lösbar. Ganz vorsichtig, nur an einer Ecke, hast du schließlich die geniale Falle hochgehoben.

Deine Freunde, die Spatzen, haben bestimmt darauf gewartet.

Laut schimpfend und sichtlich verärgert flogen alle beim Hochheben des Kartons natürlich wieder davon. Schon nach kurzer Zeit beruhigten sich deine Freunde aber sehr schnell wieder, und nur wenige Minuten später saßen alle, eng nebeneinander, wieder auf ihrem Stammplatz, auf dem Dach des Brennholzschuppen und schwatzten laut wie immer, und du Achtjähriger glaubtest das sie manchmal sogar über dich lachen würden.

Ganz still standest du, ohne ein Wort zu sagen. Abwechselnd schautest du immer wieder von deinen Füßen zu den Spatzen hinauf. Ich glaube du schämtest dich in diesem Moment. Schämtest dich über den Verrat und dein hinterlistiges Mordvorhaben. Die Spatzen waren doch deine Freunde.

Eigentlich fühlte ich mich sehr wohl auf der Honigsburg, besonders wenn wir Frauen uns manchmal an einem Nachmittag unter dem alten Apfelbaum trafen. Es hat mir hier recht gut gefallen, weitab vom bäuerlichen Dorfleben. Ich genoss täglich die Landschaft am Westrand des Harzes mit dem freien Blick auf

Felder und Wiesen.

„Im Dorf allerdings war es für uns Flüchtlinge, so gleich nach dem Weltkrieg, aber eine schwere Zeit. Beinahe täglich konnte man dies durch Diskriminierung bemerken. Manchmal kam es mir vor als wären wir Ausländer. Ich konnte es nicht verstehen, wir bemühten uns doch anerkannt zu werden. Besonders die Unternehmen profitierten auch von uns Flüchtlingen und unserer Arbeitskraft. Auch die ortsansässigen Sport- und Gesangvereine erlebten durch die Flüchtlinge einen regelrechten Aufschwung".

Verwundert war ich allerdings immer wenn ich den Namen „Honigsburg" hörte. Ich konnte mit der seltsamen Bezeichnung unseres Wohnhauses überhaupt nichts anfangen. Lange Zeit fehlte mir auch der Mut im Dorf danach zu fragen. Erst als ich mit der Gastwirtin Lene Eggers einmal sprach, die ja später meinen Bruder Paul heiratete, erfuhr ich die Bewandtnis dieses Namens. Sie erzählte mir schmunzelnd, dass die Dorfbewohner glauben dass Stübig, weil er ja nicht nur Landwirt sondern auch Imker war, das neue Haus nur vom Honigverkauf gebaut haben kann. Schnell war deshalb der Name geboren.

10. Beruflicher Neuanfang in Kreiensen

Weißt du, diese Nachricht kam nicht überraschend für uns, Eberhard wusste es schon eine ganze Weile. Stübig hatte es seit einigen Wochen immer wieder kurz angedeutet, dass die Arbeit auf der Obstplantage nun nach drei Jahren langsam zu Ende gehen würde. Dann war der Tag gekommen. Eberhard, sagte er an diesem Freitagnachmittag, die Anlage ist jetzt restlos bepflanzt, alles ist fertig, ich habe jetzt keine Arbeit mehr für dich. Es tut mir leid, du musst dir jetzt eine neue Arbeitsstelle suchen. Aber du wirst bestimmt etwas Passendes finden.
Aber mir fällt da gerade etwas ein und ich hoffe, dass ich dir damit helfen kann. Vielleicht ist es ja etwas für dich. Rein zufällig habe ich nämlich vor ein paar Tagen im Dorf gehört, dass die Bahn in Kreiensen dringend Arbeiter

für den Gleisbau sucht. Versuche es doch mal, es wäre doch eine Möglichkeit. Vielleicht ist eine gute Arbeit für dich, sagte Stübig.

Eigentlich hatte Eberhard ja schon damit gerechnet und sich bereits ein wenig darauf vorbereitet und auch Überlegungen angestellt. Jetzt ist es also weit, jetzt hat er es mir erzählt. Ganz ruhig saßen wir an diesem Tag am Abendbrottisch als Eberhard plötzlich die Stille mit den Worten unterbrach: Ich muss dir eine, vielleicht traurige Neuigkeit erzählen. Stübig hat mir nämlich heute erzählt, dass er keine Arbeit für mich mehr hat und dass ich mich nach einer anderen Arbeitsstelle umsehen muss. Aber er hat mir auch den Tipp gegeben, dass die Bundesbahn in Kreiensen große personelle Sorgen hat. Der Bahnhof Kreiensen sucht nämlich dringend Arbeiter für den Gleisbau, für die „Rotte". Was meinst du Martel, fragte er mich, ob das etwas für mich ist? Wir diskutierten überhaupt nicht lange. Schnell waren wir uns einig. Wir hatten doch auch keine andere Wahl und wir waren doch noch jung. Wir mussten es versuchen.

Schon am nächsten Tag fuhr Eberhard mit meinem aus Schlesien geretteten Rad zum Bahnhof Kreiensen um sich dort um eine Arbeitsstelle zu bewerben. Es ging alles ganz schnell, wir mussten nicht lange auf Antwort warten, schon nach kurzer Wartezeit bekam er die Zusage. Eberhard konnte sofort als Gleisarbeiter anfangen.

Öffentliche Verkehrsmittel gab es aber damals

nicht. Deshalb hieß es für ihn neben der schweren körperlichen Arbeit bei der Rotte, den täglichen langen Arbeitsweg mit dem Rad ohne Gangschaltung auf der durchaus hügeligen Bundesstraße B64 im Harzvorland in Kauf zu nehmen.

Über die körperlich extrem schwere Arbeit klagte Eberhard aber oft am Abend.

Vielleicht sollten wir uns um eine Wohnung in Kreiensen bemühen, sagte ich zu ihm als er wieder einmal so klagte.

Nun ergab es sich nach einigen Monaten das der expandierende Knotenpunktbahnhof auch dringend Personal für den Rangierdienst suchte. Davon hatte Eberhard gehört und es mir sofort erzählt. Ich werde diese Möglichkeit nutzen, sagte er mit Begeisterung und die Arbeit im Gleisbau aufgeben. Er bekam die Zusage und wechselte also 1948 in den Rangierdienst.

Die Arbeit war viel angenehmer, sie war körperlich nicht so schwer und machte ihm sehr viel Spaß. Allerdings hatte sie auch eine Schattenseite. Es war der Schichtdienst. Sofort begann eine unruhige Zeit für uns durch Früh-Spät- und Nachtschicht. Der Arbeitstag war ab sofort gedrittelt. Besonders nach einer acht Stunden Nachtschicht war die Heimfahrt mit dem Rad eine schwere Quälerei. Diese zusätzliche körperliche Belastung und der enorme Zeitaufwand ging schließlich langsam an die Substanz. Es kann so auf Dauer nicht weitergehen, klagte Eberhard immer wieder.

Ein glücklicher Zufall, in Form eines Kollegen,

sollte wieder helfen. Du suchst doch in Kreiensen eine Wohnung, sprach ihn eines Tages dieser an. Vielleicht kann ich dir helfen, ich habe nämlich gehört, dass ganz in der Nähe des Bahnhofs, in der Billerbecker Straße gerade ein Neubau mit 6 Wohnungen fertig gestellt wurde. Vielleicht solltest du versuchen dort eine Wohnung zu bekommen. Was hältst du denn von diesem Tipp. Eberhard war total begeistert. Schon am nächsten Tag bewarb er sich und nur wenige Tage später bekam er die Zusage für eine drei Zimmer Wohnung im Dachgeschoss. Wir waren unendlich glücklich und konnten den Umzug kaum erwarten.

Im November 1950 war es endlich soweit. Auf der Honigsburg wurde gepackt. Das war kein Problem und kein großer Zeitaufwand. Unser Hausstand war doch damals immer noch recht klein.

Der junge Bauer Richard Hartwig aus Brunsen, den wir gut kannten und mit dem wir ein wenig befreundet waren, erklärte sich freundlicherweise sofort bereit uns beim Umzug zu helfen. Er spannte zwei Pferden vor seinen gummibereiften Ackerwagen und stand am Umzugstag morgens pünktlich vor der Honigsburg.

Wie lange die Fahrt auf der B 64 dauerte kann ich heute nicht mehr sagen. Obwohl ich doch versuchte mir alles anzuschauen habe ich eigentlich nichts richtig mitbekommen, ich war doch so aufgeregt. Nein, ich habe gar nichts wahrgenommen. Ich habe nicht mal die schöne Landschaft unterwegs oder auch das schöne Greener Viadukt unter dem wir durchfuhren gesehen. Die Fahrt verlief für mich wie im Traum. Plötzlich, ich war total überrascht, blieben die Pferde stehen.

Wir waren angekommen und standen vor unserem neuen Zuhause in der Billerbecker Str. 53. Fassungslos betrachtete ich das was ich vor mir sah. Immer wieder sah ich mir das Haus von unten bis oben an. Schön sah es aus das Wohnhaus für 6 Familien, mit einem Hinterhof der Freiraum ließ für die Kinder zum Spielen. Das hatte ich mir so nicht vorgestellt. Mir kam es wie ein Wunder vor.
Richard half auch noch freundlich die paar Möbel in die Wohnung in der 2. Etage über das enge Treppenhaus zu tragen.

Bei der Verabschiedung haben die beiden Männer wohl die Fahrtkosten geregelt.
Ich war sofort von der Wohnung begeistert. Besonders gefiel mir, dass Eberhard jetzt nur

noch wenige Meter Weg zur Arbeit hatte, wirklich nur ein Katzensprung. Er brauchte nur aus der Haustür zu treten, die Straße queren und ein paar Meter bis zur Osteroder Kleinbahn hinunterlaufen.

Die Kleinbahn und links unser Wohnhaus

Nun nur noch über die zwei Gleise der Kleinbahn überschreiten und schon war er auf seiner Dienststelle. Es war ein kurzer Weg, vielleicht nur fünf Minuten.

Als ich nach ein paar Wochen zur Ruhe gekommen bin, schaute ich mir unseren neuen Lebensort mal an. Wirklich schön war es hier im weitläufigen Leinetal, eingebettet von der hügeligen Landschaft des Harzvorlandes.
Die vielen neuen Eindrücke von Kreiensen waren nicht mit dem dörflichen Brunsen zu vergleichen. Wir lebten jetzt in einer kleinen Stadt, einem Flecken mit 3600 Einwohnern und einem riesigen Bahnhof. Im ersten Moment

war ich überwältigt. Es gefiel mir ausgesprochen gut in Kreiensen. Ich stellte schon bald fest, dass dies ein Ort ist in dem ich nichts vermisste. Hier gab es alles was man so zu einem angenehmen Leben benötigt. Verschiedene Handwerksbetriebe, Gaststätten, ein Freischwimmbad und auch einen Turn- und Fußballverein. Auch gab es eine Haupt- und Mittelschule. Und das kleine Kino das wöchentlich die Filme wechselte machte das tägliche Leben natürlich auch angenehmer.

Nur an die recht schlechte Luft damals, verursacht durch die vielen Dampfzüge die pausenlos aus den verschiedenen Richtungen in den Bahnhof ein-und ausfuhren, musste ich mich erst noch gewöhnen. Anfangs kam es mir vor als hinge immer ein Rauchwolke über dem Ort. Es roch den ganzen Tag nach Kohle und Dampf, nach den Abgasen der Dampflokomotiven. Schmutzig war es dadurch überall. An jedem zweiten Tag musste ich die Fenster und Fensterbänke putzen.

Trotzdem, ab jetzt begann sich das Leben für mich zu neutralisieren. Die furchtbare Zeit der Flucht aus Schlesien und die der schlimmen Nachkriegsjahre waren wohl überstanden. So kam es mir jedenfalls in diesem Moment vor.

11. Wieder eine Heimat

Das die Zeit in Kreiensen nun bald vorüber sein sollte wusste ich Ende 1957 natürlich noch nicht. Obwohl ich mir manchmal schon Gedanken machte, denn Eberhard erzählte mir immer wieder, dass er zu gern Beamter bei der Bahn werden wollte aber dass das hier in Kreiensen als Rangierer nicht möglich ist. Ich ahnte das unsere Zeit in Kreiensen bald abgelaufen sein könnte. Er war nämlich der Meinung, dass er durch den Beamtenstatus lebenslang abgesichert ist. Er hat es mir gar nicht erzählt, dass er im Büro seines Chefs nachgefragt hat. Dort hatte er seine Wünsche erzählt.

Eines morgens, wir saßen ruhig beim Frühstück zusammen, erzählte er mir plötzlich strahlend, dass das Personalbüro ihm mitgeteilt habe, dass man in Bremen als Rangierer Beamter werden kann. Es gibt dort nämlich einen ganz großen Verschiebebahnhof und deshalb sind die beruflichen Aufstiegsmöglichkeiten größer als in Kreiensen. Eberhard war total aufgeregt. Es klang sehr verunsichert als er mich schließlich fragte: Was hältst du denn davon wenn ich mich um eine Stelle in Bremen bewerbe. Dort ist doch der Verschiebebahnhof viel größer als hier. Da kann ich schon nach kurzer Zeit Beamter werden, er schwärmte regelrecht.

„Du kannst dir bestimmt vorstellen, dass ich ganz verunsichert war. Natürlich konnte ich nicht nein sagen". Es ging dann alles schnell, für mich viel zu schnell. Anfang 1958 hatte Eberhard schon einen neuen Arbeitsplatz und lebte fortan in einem möblierten Zimmer im Bremer Westen. Eine schwere Zeit begann nun

für mich. Ich litt sehr unter der Trennung.
Nur in Form eines Briefes gab es ab und zu ein
Lebenszeichen von ihm aus Bremen. Dann
berichtete er von seinem Tagesablauf und dass
es ihm gut geht. Immer wieder, mehrmals am
Tag las ich den Brief. Ich war glücklich. Miteinander reden konnten wir damals ja nicht.
Es war überhaupt nicht möglich, weil es doch
im privaten Bereich zu dieser Zeit nur selten
Telefone gab.
Beinahe zwei Jahre war ich inzwischen schon
allein. Es war eine schwere Zeit für mich, denn
ich musste doch alle Probleme allein regeln.
„Du kannst dir bestimmt mein Glücksgefühl
vorstellen als ich von Eberhard überraschend
einen Brief mit der Nachricht erhielt, dass er in
Bremen eine Wohnung zum 01. März 1960 für
uns gefunden habe. Ich atmete durch, endlich
ging das Alleinsein, diese schwere Zeit zu Ende.
Jetzt wird alles gut, ich war mir absolut sicher.
Bestimmt kannst du dich an den Umzug und
an die neue Wohnung noch erinnern, du warst
ja schon 18 Jahre alt.
    Die 3 Zimmer-Wohnung in Bremen war im
Erdgeschoss in einem neue errichteten Wohn-
block. Ganz besonders begeistert war ich dass
zu der Wohnung auch ein Balkon gehörte. So
etwas kannte ich doch bisher noch nicht.
Du kannst dir vorstellen wie erleichtert und
glücklich ich über das neue Zuhause war.
Endlich waren wieder zusammen. Die furchtbare Zeit der Flucht, und die schweren Jahre
der Nachkriegszeit, verbunden mit dem Verlust
der Heimat waren nun hoffentlich vorbei.

Der erste Blick vom Balkon 1960

Über vier Jahrzehnte lebe ich inzwischen nun
schon zufrieden und glücklich hier in Bremen.
Wirklich, diese Stadt ist meine neue Heimat
geworden. Die schlimme Zeit, die schweren
Jahre habe ich schon inzwischen vergessen.
Nur, wenn ich manchmal in einer stillen
Stunde über die vergangenen Jahrzehnte
nachdenke kommt es mir vor als wäre die Zeit
rasend schnell vergangen. Ich habe es
überhaupt nicht bemerkt, vielleicht weil alles
gut war und ich keine Sorgen mehr hatte.
Plötzlich bin ich alt geworden ohne es wirklich
wahrgenommen zu haben. Aber es waren doch
schöne Jahre. Ich habe nichts vermisst.

An die alte Heimat in Schlesien habe ich
überhaupt nicht mehr gedacht. Ich hatte diese
Kapitel schon längst vergessen und dadurch

natürlich auch kein Verlangen mehr nochmal dorthin zu reisen.

Nur einmal, als Eberhard und ich von einem Schlesiertreffen aus Hannover zurück kamen, waren sie plötzlich doch wieder da, die Erinnerungen an Lengefeld. Manchmal haben wir uns abends über die Zeit dort und über ehemalige Nachbarn und auch Jugendfreunde die wir in Hannover getroffen haben unterhalten. Es war schon aufregend zu erfahren wie es ihnen auf der Flucht ergangen ist und wo sie heute leben. Aber Heimatgefühle oder sogar Wehmut kamen bei mir bei diesen Gesprächen nicht auf. Warum sollte ich klagen mir geht es doch hier in Bremen gut, ich vermisse nichts. Vermissen tue ich nur Eberhard, der leider schon 1978 verstorben ist".

12. Immer häufiger kommen die Gedanken

„Vielleicht liegt es am Alter, oder auch weil ich inzwischen schon 26 Jahre allein bin. Immer öfter kommen bei mir, in immer kürzeren Abständen, wehmutsvolle Gedanken auf. Immer häufiger denke ich dann in so manch stiller Stunde an die ehemalige Heimat, an Lengefeld. Dann sehe ich ganz deutlich, in allen Einzelheiten, mein Wohnhaus in dem du geboren wurdest, sehe mein Elternhaus, erinnere mich an die Wochenenden im Tanzsaal von Schaube und sehe auch meine Schule".

Dann sind sie plötzlich wieder da, die sentimentalen Gefühle und Erinnerungen an die Zeit in Schlesien".

„Diese, manchmal sehr schwer zu ertragenden Gefühle, die mich unvorbereitet erfassen erzeugten im Laufe der Zeit immer öfter den Wunsch noch einmal nach Lengefeld zu fahren.

„Es wäre doch schön wenn ich noch einmal nach Schlesien, in die ehemalige Heimat, fahren könnte, wünschte ich mir so manchen Tag. Zu gern würde ich sehen, wie es so nach 45 Jahren heute dort aussieht. Der Wunsch vor dem Sterben noch einmal nach Lengefeld, das ja zu meiner Kindheit noch Jäschkowitz hieß, zu fahren, wurde deshalb in der laufenden Zeit immer stärker. Zu gern wollte ich dann auch versuchen das Grab meines Vaters zu finden, der ja schon 1940 gestorben ist".

„Nur für mich allein war so eine Fahrt nicht möglich. Wie sollte ich das in meinem Alter bewerkstelligen. Ich müsste eine Mitfahr-gelegenheit haben, ging mir immer wieder durch den Kopf. Mir fiel aber keine Lösung ein. Irgendwann, ich weiß gar nicht mehr wie ich darauf gekommen bin, kam mir die Idee dich bei nächster Gelegenheit zu fragen. Nur das ging in diesem Moment überhaupt nicht weil du doch im Moment gar nicht in Bremen warst. Ich erinnerte mich, dass du in Bad Tölz zur Kur warst und erst in drei Wochen wieder nach Hause kommen würdest. Ich erinnerte mich auch, dass du dir in diesem Zusammenhang auf dem Hinweg zu deinem Kurort direkt vom

Werk in München ein neues Auto mitbringen wolltest. Diese Aktion ist mit dem Werk schon länger abgesprochen, hast du mir mal erzählt. Es passt zeitlich alles wunderbar, hast du auch noch gesagt". „Ich konnte es kaum erwarten bis du wieder in Bremen warst. Diese Gedanken erzählt sie weiter, hatten sich regelrecht bei mir festgesetzt, sie ging mir nicht mehr aus dem Kopf, sie lies mich nicht mehr los. Ich wartete sehnsüchtig.

Endlich warst du wieder zu Hause, das warten kam mir unendlich lange vor. Gleich bei unserem ersten Treffen habe ich dir von meinem Wunsch, meiner Idee erzählt. Ich hoffte sehr dass du zusagen würdest. Es war meine große Hoffnung, dass du vielleicht Interesse an deinem Geburtsort haben könntest.

Ich staunte über dich, denn du hast überhaupt nicht lange überlegt und zu meiner Überraschung und meinem Glück sofort eingewilligt. Ich bin dir heute noch dafür dankbar. Weißt du, diese Fahrt nach Lengefeld und Breslau, obwohl sie ja sehr anstrengend für mich wahr, hat mir damals ganz besonders gut gefallen. Sie hat mich richtig glücklich gemacht und bleibt bis zu meinem Tod in bester, fester Erinnerung.

„Allerdings machtest du dir anfangs große Sorge um dein neues Auto". Weißt du, hast du damals zögerlich zu mir gesagt, mein Auto ist ja gerade erst 5 Wochen alt. Ich mache mir durchaus Sorgen, denn oft schon habe ich in der Zeitung gelesen und im Rundfunk gehört, dass Fahrten mit dem Auto nach Polen ein großes Risiko zu dieser Zeit seien. Es wurde doch beinahe täglich von den Autodiebstählen am helllichten Tag in unserem östlichen Nachbarland berichtet und gewarnt. Wir sind dann aber doch gefahren. Eigentlich, wenn ich heute darüber nachdenke, war es wohl sehr naiv von uns.

„Ich weiß gar nicht ob du dich noch so an alle Einzelheiten unserer gemeinsamen Schlesienfahrt erinnern kannst, damals im Mai1990. Ich auf jeden Fall denke immer gern daran zurück. Sie hat mir einfach zu gut gefallen". „Für dich war natürlich alles so Neu, alles so fremd".

„Dass man bei solchen Fahrten auch Glück haben muss erlebten wir schon bald hautnah vor dem Hoteleingang in Breslau.

Mich hatte die weite Autofahrt ja so sehr mitgenommen, dass ich total müde und erschöpft war. Aus diesem Grund bin ich, als wir vor dem Hoteleingang hielten im Auto einfach sitzen geblieben. Du bist allein zur Rezeption hineingegangen. Das sollte unser Glück sein wie sich schon bald herausstellen sollte".

Die drei Männer die direkt am Eingangsportal des Hotels bei unserer Ankunft standen, hatten wir anfangs überhaupt nicht bemerkt. Wir haben auch nicht auf sie geachtet. Als du wieder zum Auto kamst traten sie ganz langsam, beinahe unbemerkt, immer näher heran und standen schließlich ganz nah an unserem Auto. Offensichtlich hatten sie uns beobachtet, denn sie sprachen auch immer wieder leise miteinander. Erst später wurde uns bewusst, dass sie ganz konzentriert nur auf das Auto schauten. Einer dieser netten Herren sprach dich überraschend in recht gutem Deutsch an.

„Da haben sie aber großes Glück gehabt, mein Herr, dass eine Person in ihrem BMW sitzen geblieben ist, vielleicht wäre er sonst nicht mehr da. Denn gerade kurz vor ihnen ist ein Mann allein mit seinem Mercedes vorgefahren gewesen. Er war nur wenige Minuten im Hotel um an der Rezeption nach einem Zimmer zu fragen, als er wieder heraus kam war sein Auto weg". „Wissen sie, wir sind nämlich Taxifahrer und wir warten hier täglich immer auf Kundschaft, erklärte der Wortführer".

Also Taxifahrer sollen das gewesen sein, nur von ihren Taxis war in der näheren Umgebung allerdings nichts zu sehen, stellten wir noch vor Ort fest.

Im Nachhinein, wenn ich heute darüber nachdenke, wirkten sie als lungerten sie herum. Es ist ja schon seltsam, überlegten wir später, warum denn die drei angeblichen Taxifahrer nichts unternommen haben als sie den Autodiebstahl sahen. Sie hätten ihn doch leicht verhindern können.

Nach diesem Ereignis und Wissen parkten wir das Auto auf Empfehlung der Dame an der Rezeption aus Sicherheitsgründen auch nicht auf dem kostenlosen Hotel-Parkplatz hinterm Haus, sondern für die 4 Tage unseres Aufenthalts in Breslau auf dem kostenpflichtigen, aber bewachten Parkplatz, dem Hotel direkt gegenüber.

Es war ein gute und richtige Entscheidung,

stellten wir schon am nächsten Morgen, gleich nach dem Frühstück fest. Als wir nämlich, durchaus sorgenvoll, auf den Parkplatz kamen stand dein Auto zum Glück noch da. Es war auch unbeschädigt obwohl ich vergessen hatte das Türfenster an meiner Seite über Nacht zu schließen. Ich war jetzt richtig aufgeregt und konnte die Fahrt nach Lengefeld kaum erwarten. Immer nur in Richtung der Oderbrücke fahren, Richtung Margaret, sagte ich zu dir. Es war für mich überhaupt nicht so schwer den Weg nach Lengefeld zu finden. Denn an den Weg dorthin konnte ich mich noch gut erinnern. Mir kam es vor als sei ich überhaupt nicht weg gewesen.

Es war ein wunderschöner Tag. Die Kirschbäume blühten schon als wir das Dorf erreichten. Erstaunt sah ich auf das Ortsschild am Straßenrand und erlebte die erste Überraschung. Ich staunte über den neuen Ortsnamen. Mein Lengefeld heißt nun auf polnisch Jeszkowice.

Ob sich das Dorf, das direkt an der Oder liegt,

auch verändert haben mag, ging mir durch den Kopf. Aus dem Autofenster heraus sah ich während der Fahrt die Oder. Schon kamen die ersten Erinnerungen, sah mich am Strand der Oder sitzen. Obwohl ich ja nie schwimmen gelernt habe, bin ich als junges Mädchen trotzdem oft mit meinen Freunden an der Oder gewesen. Es gab überhaupt keine Probleme, uns war ja bekannt wo man gefahrlos ins Wasser gehen konnte. Manchmal schaute ich einfach auch nur den vorbeifahrenden Schlepp-kähnen nach, winkte hinüber und hoffte, dass ich zufällig meinen Bruder Paul auf dem Schiff sehen würde.

Paul arbeitete ja, nachdem er die Lehre zum Schmied beim Schmiedemeister Schölzel in Lengefeld abgebrochen hatte, als Matrose auf so einem Oderschiff.
Als wir nun langsam die Straße zum Dorf entlang fuhren bekam ich doch regelrecht eine

Gänsehaut. Gedankenverloren schaute ich aus dem Autofenster. Eigentlich wollte ich dir alles erklären was ich sah, aber es verschlug mir die Sprache. Minutenlang konnte ich überhaupt nichts sagen. Du solltest doch sehen wie es vor 45 Jahren aussah als wir flüchten mussten.

Gleich am Ortseingang, auf der rechten Seite, bat ich dich vor einem grob verputzten, grauen Haus stehen zu bleiben. Ich zeigte auf das Fenster oben links in der 1. Etage, meine Wohnung damals.

„Das hier ist das Haus in dem du am 26. November 1941, es war ein Mittwoch, geboren wurdest. Still habe ich dich immer wieder angesehen, ich wollte doch deine Reaktion sehen aber du hast kein Wort gesagt".

„Und weißt du, genau auf diesem Platz,

gegenüber dem Haus an der Straße, auf dem wir beide damals standen, haben wir am 20. Januar 1945 bei bitterer Kälte gewartet und gehofft dass uns ein Bauernwagen mitnimmt. Lange hatten wir gestanden bis Walter Nagel kam".

„Vielleicht 20 Minuten lang haben wir stumm vor dem Haus gestanden, dann sind wir wieder ins Auto gestiegen und langsam die Dorfstraße entlang gefahren. Ich wollte zuerst an das andere Ende des Ortes. Ich wollte dir dort unbedingt das Haus zeigen in dem ich aufgewachsen bin. Ganz am Ende des Dorfes steht es, auf der linken Straßenseite. Was mir sofort auffiel als wir so langsam durchs Dorf fuhren war, dass die neuen polnischen Besitzer die Kriegsschäden an den Häusern offen- sichtlich beseitigt haben, dann aber wohl ihre Hände wieder in den Schoß legten. Ich sah jedenfalls kaum Veränderungen zu früher. Es fehlen nur einige Scheunen.

„Es sind sicher die Scheunen, die im Krieg abgebrannt sind und nicht wieder aufgebaut wurden, hatte ich dir erzählt".

Alles kam mir sofort bekannt vor und war unheimlich aufregend für mich. Es hat sich in den vergangenen 45 Jahren nichts verändert fiel mir auf, alles sah wie damals aus.

„Kannst du dich eigentlich noch an die Situation erinnern als wir ganz still vor meinem Elternhaus standen und es uns ansahen"? Die beiden Männer die an der Straße auf einer Holzbank vor dem Haus saßen, habe ich überhaupt nicht gesehen. Dann bemerkte ich sie doch und aus den Augenwinkeln heraus, sah ich dass sie offensichtlich über uns sprachen. Ja, und dann stand doch plötzlich der ältere der Beiden auf, kam auf mich zu und fragte in gebrochenem Deutsch und pausenlos aufgeregt mit dem rechten Arm auf das Haus zeigend ob ich denn hier einmal gelebt hätte.

„Ich war in diesem Moment total überrascht und völlig durcheinander. Ja, habe ich ihm natürlich geantwortet, hier habe ich als Kind mit meiner Familie gelebt".

Und dann gab uns der Pole, der offensichtlich der neue Hausbesitzer war, überraschend durch Handzeichen zu verstehen, dass wir ihm ins Haus folgen sollten. Nach kurzem Zögern und kleiner Besprechung mit dir habe ich zugesagt. Du kannst dich bestimmt daran erinnern. Nachdem wir auch seine Frau begrüßt hatten lief diese pausenlos hin und her. Gastfreundschaftlich bemühte sich das auch schon ältere Ehepaar um uns. Sie servierten Kaffee und Kekse und erzählten richtig aufgeregt, dass sie ja eigentlich auch Vertriebene seien. Ihre Heimat sei doch vor dem Krieg an der Wolga gewesen und man habe sie gezwungen, weil sie noch jung waren, ihren dortigen Hof zu verlassen um nach Jeszkowice zu ziehen. Hier sollen sie wieder Landwirtschaft betreiben.

Im Laufe der netten Unterhaltung sprachen wir auch über die landwirtschaftliche Arbeit. Ich fragte ihn was er den auf seinen Feldern anbaue und ob er auch Tiere hätte. Auf seinem Acker baue er nur das an was er für seine Tiere benötige, alles andere macht viel zu viel Arbeit und lohne sich wirtschaftlich nicht, erklärte er richtig aufgeregt mit Händen und Füssen.

Immer wieder schaute ich gerührt und staunend in der Wohnung in die Runde. Es hatte sich nichts verändert, alles sah noch so aus wie zu meiner Kinderzeit. Der schöne Kachelofen an dem ich in der kühlen Jahreszeit so gern gesessen habe war noch da und auch die große Wäschemangel an der meine Mutter so oft saß und gearbeitet hat, stand auf ihrem angestammten Platz. Plötzlich sah ich meine Mutter für einen kurzen Moment sogar daran sitzen. Ich kam aus dem Staunen nicht heraus, alles war wie früher. Das polnische Ehepaar hatte nichts verändert, hatte alles so übernommen. Wo sind denn nur die 45 Jahre geblieben.

Ich überlegte schon die ganze Zeit ohne Ergebnis. Wie fange ich es an, ich wollte doch unbedingt den freundlichen Polen etwas fragen. Aber ich traute mich noch nicht. Schließlich, und weil es eine so große Herzensangelegenheit für war, fasste ich schließlich allen Mut zusammen. Mit Händen und Füßen fragte ich ihn ob er denn den ehemaligen deutschen Friedhof hier kenne. Mein Vater ist dort beerdigt und ich würde gern sein Grab auf dem Waldfriedhof suchen. Kurz nur überlegte der nette Pole, dann saßen wir drei schon in deinem neuen Auto.
Gleich hinter dem Haus begann der Feldweg der zum Friedhof führte. Hier im Dorfbereich war der Weg ja noch einigermaßen zu befahren,

dann aber wurde es grausam. Es ging nur noch im Schritttempo vorwärts, durch Schlaglöcher und über holprige Baumwurzeln bis dann auf der rechten Seite schließlich der kleine Wald begann.

Plötzlich gab der polnische Landwirt durch ein Handzeichen zu verstehen, dass du halten solltest. Wir waren offensichtlich am Ziel angekommen. Zu erkennen war nichts. Ich war so aufgeregt. 50 Jahre war mein Vater schon tot. Still schaute ich immer nur in die Runde versuchte etwas zu erkennen. Obwohl ich doch als Jugendliche oft auf dem Friedhof war erkannte ich nichts. Ich suchte vergebens die Pforte am Friedhofseingang und auch die kleine Friedhofskapelle, auch Gräber waren nicht zu sehen.
Nach totaler Wildnis sah es aus. Überall nur hüfthohes Gras, Brennnesseln und Brombeer-

sträucher inmitten von Birken und Weiden. Wahrscheinlich haben die polnischen Behörden alles abgebaut und den Deutschen Friedhof eingeebnet. Um nicht zu stolpern mussten wir sehr aufmerksam gehen. Nichts lies erkennen, dass hier einmal ein Friedhof gewesen sein sollte.

Nirgends waren Gräber und Grabsteine zu erkennen. Nach einigen Metern lichtete sich plötzlich aber der Urwald ein wenig und wir standen staunend vor vielleicht 15 einge-fallenen Gruben, die wohl mal Gräber waren. Auf jeden Fall kam es mir so vor.
Plötzlich fragte mich unser netter Begleiter wo denn das Grab sein könnte und entwickelte eine unheimliche Energie. Aufgeregt zeigte er nach allen Seiten und fragte mich immer nur:

wo, wo.
Ich wusste es nicht. Mit großer Energie sprang
er in jede Grube und suchte offensichtlich nach
dem Grabstein. Aber es waren wohl keine mehr
vorhanden. Vielleicht sind sie in Polen schon zu
Bauzwecken entfernt worden. Wieder sprang er
erneut in eine Grube und suchte nach dem
Grabstein, schließlich fragte er mich nach dem
Namen meines Vaters. „Müller, Gustav",
erklärte ich ihm.
Plötzlich bückt er sich tief und wuchtet, dabei
laut schnaufend, einen in der Mitte zerbrochenen Grabstein aus der Grube.

Ich war den Tränen nahe als ich den Namen
meines Vaters las. Die Buchstaben waren zwar
schwierig zu entziffern, aber er hatte wirklich
das Grab gefunden. Unfassbar, ich war sehr

ergriffen und glücklich.

Ich weiß noch, dass ich dich damals fragte ob wir vielleicht den zerbrochenen Grabstein im Auto mit nach Bremen nehmen können. Aber diesen Gedanken habe ich schnell wieder verworfen. Wo sollten wir denn mit den Steinhälften hin?

Lange hielten wir uns in der unangenehmen Wildnis aber nicht mehr auf. Neben den Brennnesseln ärgerten uns pausenlos außerdem Mücken und Bremsen. Wir beschlossen deshalb gemeinsam diese Exkursion abzubrechen und machten uns sogleich auf die Rückfahrt. Nachdem wir uns bei dem freundlichen polnischen Ehepaar vor dem Haus ganz herzlich bedankt haben verabschiedeten wir uns und gingen langsam in die Dorfmitte.
Ich wollte doch zu gern laufen, mir so alles in Ruhe anschauen. Ich hatte doch bisher von Lengefeld noch nicht viel gesehen.
Diesen Spaziergang genoss ich sehr. Immer wieder blieb ich stehen, schaute nach allen Seiten, manchmal drehte ich mich beinahe sogar im Kreis. Dieser Rundgang war für mich unglaublich aufregend. Ich wusste gar nicht wo ich zuerst hinsehen und wohin ich gehen sollte. Immer wieder kehrten emotionale, eigentlich längst vergessene Erinnerungen aus meiner Jugendzeit zurück, besonders als wir vor der Gaststätte Schaube und dem

dazugehörigen ehemaligen Tanzsaal standen.
Oft und gern bin ich dort zum Tanz gewesen.

Ehemalige Gaststätte Schaube, links der Tanzsaal

Immer schneller kamen die Erinnerungen. Ich
erkannte alles wieder, aber das war auch nicht
schwer, denn es sah ja alles noch so aus wie
früher.
Und plötzlich standen wir vor einem alten
Gebäude das ich zuerst überhaupt nicht
erkannte. Es stand leer da, es war meine
ehemalige Schule. Das war besonders
aufregend für mich. „Hier bin ich im April 1928
eingeschult wurde", erklärte ich dir. Eigentlich
hatte ich diese Zeit schon lange vergessen aber
in diesem Moment berührte es mich doch
emotional und die Erinnerung an die Schul-

zeit, die am 22. März 1936 für mich zu Ende ging, war sofort wieder da.

Über den Ernst des Lebens, der ja bei Beendigung der Schulzeit beginnen soll, machte ich mir damals gar keine Gedanken.
„Vielleicht interessiert es dich wie nun mein weiteres Leben verlaufen ist. Ich werde es dir kurz erzählen".
„Deine Schulzeit ist jetzt vorbei, du musst nun zur Arbeit gehen, hatte mein Vater zu Hause zu mir gesagt. Ich werde versuchen dir eine Lehrstelle zu besorgen".
Aber das war hier auf dem Dorf für Mädchen nicht einfach, eigentlich unmöglich.Schneiderin wäre ich gern geworden aber eine Schneiderei gab es in Lengefeld nicht. Das Schneidern hätte mir riesigen Spaß bereitet weil mir doch Handarbeiten flink von der Hand gingen. Oder auch Verkäuferin in einem großen Kaufhaus, wünschte ich mir. Dieses alles konnte leider nicht erfüllt werden. So blieb hier im Dorf als einzige Möglichkeit die Landwirtschaft. Schnell stellte ich aber fest, dass das eine viel zu schwere körperliche Arbeit für mich 14 jähriges, zierliches Mädchen war und der Verdienst war auch nur ganz gering. Ich redete mit meinem Vater darüber und so entschieden wir, dass ich diese Arbeit nicht mehr lange ausführen soll. Suche dir eine andere Arbeitsstelle, sagte der Vater. Zufällig

erfuhr ich von einem Nachbarn, dass der Bäcker in dem Nachbarort Margaret, unbedingt eine Hilfe benötigte. Ich sprach am 01. September 1936 bei ihm vor und bewarb mich als Haushaltshilfe. Ich ging also „ in Stellung", wie man damals hier sagte. Ab sofort war ich also „das Mädchen für alles", und war für den Haushalt zuständig. Manchmal half ich auch in der Backstube. Eine Hautkrankheit, ausgelöst durch eine Mehlallergie zwang mich schließlich im April 1937 auch diese Arbeitsstelle früh aufzugeben. Den ganzen Sommer über war ich nun zu Hause, suchte nach Arbeit, wollte unbedingt Geld verdienen, doch das Angebot hier auf dem Land an Arbeitsplätzen war rar.

Mit dem Fahrrad bin ich mehrmals nach Breslau gefahren. Fragte in vielen Geschäft nach Beschäftigung. Aber immer ohne Erfolg.

Auch in dem Café Stern in der Schillerstraße habe ich nachgefragt weil ich gehört hatte dass sie dort eine Hilfe als Nachmittagsbedienung suchten. Dazu hatte ich wirklich Lust und hoffte natürlich auf eine Zusage. Es hat geklappt. Diese Tätigkeit hat mir sehr viel Freude bereitet, weil ich doch immer viel Kontakt mit den Menschen hatte.

Jeden Tag, immer Nachmittags, kam damals ein junger Mann in das Café. Er setzte sich immer still an einen Tisch und trank einen Kaffee. Manchmal haben wir ein paar höfliche Worte gewechselt. Einmal erzählte er mir, dass er Kurt heiße und Maßschneider sei und gleich um die Ecke, in der Schillerstraße/Ecke Höfchenstraße bei einem Schneidermeister arbeite.

„Dieser junge Mann sollte dann später dein Vater werden".

„Als du 1941 geboren wurdest habe ich es überhaupt nicht bemerkt dass das Land nicht mehr in Ordnung war. Ich hatte zu den Dorfbewohnern ganz selten nur Kontakt. Auch mein Elternhaus gab es nicht mehr weil mein Vater schon 1940 gestorben war und Kurt, dein Vater, war zu dieser Zeit schon beim Militär".
„Ich war doch ganz allein".
„Dass schon über zwei Jahre Krieg im Land herrschte hatte ich zu dieser Zeit noch nie etwas gehört, und ich glaube, dass es wohl den meisten Bewohnern im Dorf so erging. Wenige nur hatten ein Radio und die die zu diesem Zeitraum schon ein solches modernes Gerät besaßen hörten doch nur Gutes über den Krieg. Denn das was ab 1939 im Rundfunk gesendet wurde war doch alles zensiert, geschönt. Ich hatte es deshalb auch nicht gewusst, dass die Deutsche Heeresgruppe und slowakische Gruppen am 01.09.1939 Polen überfallen haben und dort einmarschiert sind und dass das der Beginn des 2. Weltkrieges war".

„Nur bei Schnalle, in der alten Gastwirtschaft

am Ende des Dorfes, genau gegenüber von meinem Elternhaus, in der mein Vater immer so gern nach getaner Arbeit saß, Billard spielte und ein Bierchen trank, sprachen die älteren Männer täglich sicherlich sorgenvoll über die furchtbaren Ereignisse und darüber dass bereits 2 Jahre Krieg in Europa herrsche.

Gasthaus Herrmann Schnalle

Aber exakte Daten und Angaben hatten sie wohl auch nicht. Keiner wusste doch zu dieser Zeit Genaues. Das tägliche Leben hier im Dorf lief deshalb ganz normal weiter. Und die täglichen Nachrichten, die pausenlos im Radio, wenn man eines besaß, zu verfolgen waren, klangen doch auch nicht angsteinflößend, ganz im Gegenteil. Denn die, wie ich heute weiß, geschönten Nachrichten klangen total positiv. Es war einfach Kriegspropaganda. Man konnte meinen dass das nur ein Kriegsspiel sei bei dem der böse Gegner bestraft werden müsse und außerdem wehre man sich ja nur und schieße deshalb jetzt zurück.

„Aber das alles ist ja schon beinahe sieben Jahrzehnten her. Ich habe das alles längst verdrängt, es tut nicht mehr weh. Gern erinnere ich mich aber immer wieder an unsere Reise ins heutige Polen, damals an die schönen Tage im Mai. Es war doch für mich so spannend und aufregend als wir ganz langsam die lange Dorfstraße entlang liefen, vorbei an den Luschen, wie wir die kleinen Tümpel nannten.

Eine Lusche am Ende des Dorfes

Jedes Haus schaute ich mir damals ganz genau an und konnte mich immer sofort erinnern. Es war beinahe als wäre ich nie weg gewesen. Meistens fiel mir sogar der Name der ehemaligen Hausbesitzer ein.

„Natürlich konntest du dich an nichts erinnern,

dafür warst du ja noch zu klein als wir flüchten mussten".

„Später hast du mir mal erzählt, dass du dich nur an den kleinen Schrottplatz der Schlosserei Leska, sie war schräg gegenüber unserem Wohnhaus, erinnern kannst. Mit großer Ausdauer bist du oft dort gewesen und hast mit Begeisterung mit den Resten eines Schrottautos gespielt. Du drehtest pausenlos an dem Lenkrad welches an einem Motorblock mit Lenkstange befestigt war, nach links und rechts. Du bist bestimmt immer um die Kurve gefahren. Stundenlang drehtest du an diesem Lenkrad, immer wieder nach links und nach rechts. Es muss sehr aufregend für dich gewesen sein".

Natürlich kannst du dich auch an deinen Vater Kurt, der in Breslau geboren wurde, überhaupt nicht erinnern. Er starb ja schon zwei Jahre nach deiner Geburt.

Gleich nach unserer Hochzeit am 14.12.1940 wurde er noch zum Militärdienst nach Varrel in Norddeutschland eingezogen.

Dort am Jadebusen, wurde bei der ärztlichen Untersuchung seine schwere Erkrankung diagnostiziert. Dies hatte zur Folge, dass man ihn sofort aus dem Militärdienst entließ und zu einer Kur nach Schreibershau ins Riesengebirge schickte. Leider ohne Erfolg, sie brachte keine Heilung, er wurde nicht mehr gesund und starb am 09. September 1943 in der Lungenheilanstalt Herrnprotsch in Breslau an Lungentuberkulose. Er wurde nur 23 Jahre alt.

Seine letzte Ruhe fand er auf dem Friedhof Polanowitz in Breslau. Wir hatten ja den Friedhof gesucht als wir in Breslau waren aber er war nicht mehr vorhanden. Heute ist der Friedhof durch die Polnischen Behörden zu einem öffentlichen Park umgestaltet worden. Die Grabsteine der deutschen Gräber sind alle entfernt, sie wurden zum Bau des Fußball-stadions in Breslau verwendet.

Als Erinnerung an deinen Vater sind mir nur einige wenige Fotos geblieben.

Lungenheilanstalt Breslau Herrnprotsch

Aber das ist ja alles schon so lange her.

Glücklich und zufrieden lebe ich doch nun schon so viele Jahre in Bremen. An Lengefeld habe ich in dieser Zeit selten gedacht. An Lengefeld gedacht habe ich eigentlich erst wieder einmal als mir ehemalige Nachbarn beim Besuch des Schlesiertreffens in Hannover erzählten, dass zu dem Zeitpunkt, als ich mit dir am 20. Januar 1945 an der Straße stand, wohl alle Bauern, bis auf Walter Nagel, das Dorf bereits verlassen hatten, sie waren schon ein paar Stunden auf der Flucht. Nur wir beide standen halt noch an der Straße. Walter Nagel war unser großes Glück, vielleicht sogar unser

Lebensretter.

Und dann erzählte man mir auch, dass im Januar 1945 die Zangenbewegung der Roten Armee im Süden und Norden von Breslau einsetzte und das die Russen schon drei Tage nachdem wir geflohen waren unser Dorf eingenommen hatten. Es graust mir heute noch wenn ich daran denke was man mir weiter erzählt hat. Wenig später standen bereits 58 Gebäude, darunter die Wohnhäuser der Bürger Adolf Paust und Adolf Winter in Flammen. Sie wurden durch Bombenangriffe und Wandalismus total zerstört.

„Du kannst dir bestimmt vorstellen wie furchtbar es für mich war dieses zu hören, denn die meisten von ihnen habe ich doch persönlich gekannt. Unter ihnen war auch, und das hat mich ganz besonders betroffen und traurig gestimmt, mein alter ehemaliger Schullehrer Oswald Hörner".

Insgesamt 47 Personen, so erzählte man mir weiter, darunter eine junge Mutter mir ihren 2 kleinen Kindern, wollten oder konnten das Dorf zu diesem Termin nicht verlassen. Sie verharrten still in ihren Häusern. Es war für sie eine tragische Entscheidung. Denn nur 10 von ihnen überlebten diesen fatalen Entschluss, unter ihnen zum Glück die Mutter mit ihren Kindern. Die anderen Bürger wurden von den Russischen Soldaten einfach erschossen oder erschlagen.

Die Leichen der ermordeten wurden im Laufe der Zeit an verschiedenen Plätzen im Dorf gefunden und an Ort und Stelle, oder einfach in den Gärten, wenn es nicht gefroren war, vergraben.

Russen und Polen besetzten schließlich das Dorf und zogen in die leeren Häuser. Doch auch den 10 Personen die im Dorf übrig geblieben waren und das morden überlebt haben, sollte es später nicht besser ergehen. Sie wurden als Gefangene nach Sibirien gebracht oder aus dem Dorf vertrieben.

Ihr weiteres Schicksal ist mir nicht bekannt.

Immer wieder mal stand Marta zwischendurch von ihrem Sitzplatz auf und ging an ihren großen alten Stubenschrank. Sie suchte nach historischen Unterlagen, meistens Bilder von damals, von Schlesien. „Ich erinnere mich immer gern, es ist dort sehr schön gewesen, schwärmte sie, ganz besonders im Sommer wenn wir jungen Leute an der Oder waren".

Wir vermissten eigentlich nichts, alles was wir benötigten war im Dorf vorhanden. Besonders gern gingen wir in die Gaststätte Schnalle zum Tanzen. Aber auch einen Krämerladen, verschiedene Handwerker und natürlich viele Landwirte waren vorhanden. Und einer von den Landwirten, du weißt schon wen ich meine, nämlich Walter Nagel, hat uns doch damals geholfen aus Lengefeld zu fliehen. Vielleicht ist er dein und mein Lebensretter. Was wäre wohl aus uns geworden wenn wir ihn damals verpasst hätten.

„Wenn ich so darüber nachdenke haben wir

wirklich viel Glück gehabt. Aber es ist ja alles lange her und wenn ich eines Tages nicht mehr da bin, und keiner diese Geschichte für die Nachkommen aufgeschrieben hat dann gibt es bestimmt Niemanden der über die schlimme Zeit reden kann. Es weiß ja keiner. Aber du wirst es bestimmt aufschreiben. Ich freue mich, dass du so ruhig zugehört hast und ich bin mir sicher, dass du, wenn du deine heutigen Stichworte alle in Ruhe ausgearbeitet hast, eine schöne Erzählung schreibst".

Es war der 83jährigen schon seit längerer Zeit ein großes Bedürfnis ihrem Sohn von der Flucht aus Schlesien im Januar 1945 und den 15 schweren Jahren nach Beendigung des 2. Weltkrieges zu erzählen. Sie wollte, dass es nicht in Vergessenheit gerät.

Ja, es waren schwere Jahre aber jetzt ist ja alles gut.

Es ist eine Flüchtlingsgeschichte, wie sie sich damals sicherlich hunderttausendfach ereignete, und doch ist es die ganz einzigartige Geschichte meiner Mutter, eine Geschichte, die von Entbehrung handelt, aber vor allem auch von großer Courage und einem guten Ende. Der heute 78-Jährige Autor Wolfgang Marschall war zu Beginn der Flucht nach Westen drei Jahre alt. Alles was er geschrieben hat sind die Erinnerungen und Berichte seiner Mutter Marta.

Herstellung und Verlag:
BoD – Books on Demand, Norderstedt
ISBN: 978-3-7504-2151-6